Harriet Buchheit über sich:

»1963 wurde ich in Landau geboren und studierte nach dem Abitur Fremdsprachen. Seit 1985 bin ich bei der Deutschen Lufthansa als Flugbegleiterin beschäftigt. Schreiben war schon immer eine meiner liebsten Tätigkeiten und ist heute mein ‚Nebenberuf'. Mein erstes Manuskript habe ich mit vierzehn Jahren geschrieben. Pferde sind immer die ‚Hauptpersonen' in meinen Büchern geblieben. Mit zehn Jahren hatte ich meine erste Reitstunde, die ich meinen Eltern nach langem Kampf hatte abbetteln können. Danach ritt ich einige Jahre mehr oder weniger regelmäßig, bis ich nach Erscheinen meines ersten Buches ein eigenes Pferd bekam. Pferdebücher schreiben möchte und werde ich auch weiterhin, und mein Kontakt zu Pferden und reitbegeisterten Freunden regt mich immer wieder zu neuen Ideen an.«

In der »Julia«-Reihe von Harriet Buchheit sind bei Ensslin außerdem erschienen: »Julia und die Pferdefreunde«, »Julia siegt auf Diamant«, »Julia träumt von einem Pferd« und »Julia reitet durch den Sommer«.

Harriet Buchheit

Reite weiter, Julia

Band 5

ENSSLIN & LAIBLIN VERLAG REUTLINGEN

Die Deutsche Bibliothek – CIP-Einheitsaufnahme

Buchheit, Harriet: Julia / Harriet Buchheit. -
Reutlingen : Ensslin und Laiblin.
Bd. 5. Reite weiter, Julia! - 1997
ISBN 3-7709-0914-3

Umschlagillustration und Innenvignetten:
Karin Schliehe

 Satz: ensslin-typodienst. Coverreproduktion: Schwetzinger Reproduktionstechnik GmbH, Schwetzingen. Gesamtherstellung: Westermann Druck Zwickau GmbH. Printed in Germany.

ISBN 3-7709-0914-3

Ein Brief von Stefan

Als am Donnerstag morgen gegen halb sieben mein Wecker läutete und ich die Augen aufschlug, wußte ich sofort: Es ist soweit. Der erste Schultag.
Ich fühlte mich elend. So elend, daß ich die Augen gleich wieder schloß und mich am liebsten unter meiner Decke verkrochen hätte.
»Julia, bist du wach?« tönte da Mamas Stimme durch das Treppenhaus.
»Ja!« rief ich widerwillig.
»Dann steh auf, sonst verspätest du dich!«
»Ja!« rief ich wieder, grantig diesmal und auch irgendwie weinerlich.
Nach zwei, drei Minuten hatte ich mich soweit im Griff, daß ich die Decke zurückschlagen, nach meinen Hausschuhen angeln und aufstehen konnte. Meine Hunde, Carina und Whiskey, begrüßten mich freundlich. Carina, die Dalmatinerhündin, streckte, sich verbeugend, ihr Hinterteil in die Höhe und krauste die Nase zum freundlichen Grinsen. Whiskey, die riesige zottelige Promenadenmischung, war

dreist und tollkühn wie immer, sprang auf mein Bett und wälzte sich hinter meinem Rücken hechelnd, knurrend und sabbernd auf meinem Kopfkissen.
»Stinktier«, sagte ich, patschte sein wild herumrollendes Hinterteil, tätschelte Carinas Kopf und verschwand Richtung Bad, um dort eine dürftige Katzenwäsche zu veranstalten.
Ich hatte zu nichts Lust.
Mama erwartete mich bereits mit dem Frühstück. Obwohl ich mittlerweile sechzehn war, ließ sie es sich nicht nehmen, morgens mit mir aufzustehen und mich zu bemuttern. Heute, am ersten Schultag, war auch Papa mit von der Partie. Er trug Morgenmantel und Pantoffeln, und sein zauseliges graues Haar stand in alle Richtungen. Rasiert hatte er sich auch nicht. Um seinen Mund lag ein griesgrämiger Zug. Eigentlich liebt Papa seinen Morgenschlaf. Doch legt er großen Wert darauf, mir zu Beginn jedes neuen Schuljahres einige weise Worte mit auf den Weg zu geben. So auch heute.
Das klare Sprechen fiel ihm schwer. Er war noch müde. Muffig kaute ich an einer Stulle und starrte ihn dabei an. Er sprach noch gedrechselter als sonst, aber eben langsam. Sehr langsam. Es war, als würde er nie ein Ende finden.
Wann läßt er nur endlich seinen letzten Satz vom Stapel? dachte ich ungeduldig.
»Julia, komm schon!« schrie es da.
Kristinas helle, klare Stimme. Kristina war heute schon früh aufgestanden und hatte mit ihrer Familie gefrühstückt.
»Ich komme!« brüllte ich zurück, verschluckte mich und mußte husten. Papa unterbrach seine Rede und warf mir ungnädige Blicke zu.
Eilig sprang ich auf und griff nach meiner Schulmappe.
»Vergiß nicht«, rief Papa mir hastig nach, »non scolae sed vitae discimus!«

Das waren die Schlußworte. Ich war entlassen.
Mir doch wurscht, ob ich für die Schule oder fürs Leben lerne, dachte ich rebellisch, als ich die Treppe nach unten stürzte, wo Kristina mich bereits erwartete. Neben ihr standen, tuschelten und brüteten sicher wieder Unfug aus: Max und Moritz, ihre kleinen Zwillingsbrüder.
O Schreck! Die hatten die Grundschule jetzt hinter sich und würden von heute an das Gymnasium besuchen – unser Gymnasium.
Halleluja, dachte ich.
»Kristina, wirst du auch ein Auge auf die beiden haben? Versprichst du's mir?«
Im Türrahmen war Tante Patricia aufgetaucht, Kristinas Mutter und Mamas Cousine, die Mitbesitzerin des Hauses. Sie trug einen seidenen Morgenmantel, hatte Caligula, den unförmigen dreibeinigen Kater, auf dem Arm und war eingehüllt in eine orientalische Duftwolke, die überhaupt nicht zu ihrem Typ paßte und mir den Atem nahm.
Ich rang nach Luft.
»Guten Morgen, Julia«, grüßte die Tante zerstreut und wandte sich wieder ihren Sprößlingen zu.
»Werdet ihr beide euch auch benehmen? Kommt ihr allein zurecht? Kristina, kümmere dich um sie! Sorge dafür, daß sie ihr Klassenzimmer finden. Werdet ihr auf Kristina hören? Wehe, mir kommen Klagen zu Ohren. Kristina, du informierst dich über die Lehrer der beiden. Ich will wissen, mit wem ich es zu tun habe.«
Wieso denn sie? dachte ich und verkniff mir eine bissige Bemerkung. Wahrscheinlich bereitete Tante Patricia sich im Geiste bereits auf Auseinandersetzungen mit den Lehrern vor. Sie war ziemlich selbstgerecht und konnte ganz schön streitsüchtig werden.

»Wir müssen los«, kürzte Kristina angeödet das Gespräch ab und verschwand ins Freie.
Die Zwillinge folgten ihr, ich bildete das Schlußlicht. Auf dem Weg zur Haltestelle oben an der Hauptstraße sah ich mich mehrmals verstohlen um.
»Was schaust du nur?« fragte Kristina zerstreut. Sie versuchte, die Zwillinge im Auge zu behalten, die sich gegenseitig mit Steinen bewarfen und eine Menge Radau machten.

»Nichts«, antwortete ich einsilbig und fügte nach kurzer Pause hinzu: »Ist es nicht seltsam, daß Stefan nicht mehr dabei ist?«
Wir hatten die Haltestelle erreicht, als letzte. Die größeren Kinder der Familie Bleibtreu, die das letzte Haus unserer winzigen Siedlung Drachenhof bewohnte, waren schon zur Stelle, ebenso Clarissa, Nachbarin aus Nummer drei.
Ehe Kristina dazu kam, mir zu antworten, hatte Clarissa sich bereits auf mich gestürzt.
»Oh, ich vermisse Stefan richtig«, versicherte sie mir. »Sonst ist er immer mit uns gegangen, meistens ja mit mir.«
Kristina schnaubte durch die Nase. Stefan hatte sonst immer sie und mich abgeholt, und wir alle zusammen hatten versucht, Clarissa aus dem Weg zu gehen.
»Stefan vermißt uns bestimmt auch«, plapperte Clarissa munter weiter. Ihr rundes Gesicht, das umrahmt war von grell leuchtenden karottenroten Haaren, nahm einen tragischen Ausdruck an. »Wen er wohl am meisten vermißt? Bestimmt ...« Sie brach ab, legte neckisch den Kopf schief und hoffte wohl, daß wir ihren angefangenen Satz in gewünschter Weise beenden würden.

»Bestimmt Julia«, behauptete Kristina boshaft.
Clarissas rotblonde Brauen über ihren runden wasserblauen Augen zogen sich unwillig zusammen.
»Mit Sicherheit nicht! Bestimmt mich!« platzte sie heraus und starrte mich böse an. »Stefan mochte mich immer am liebsten, aber ihr wart so aufdringlich, daß er sich nicht wehren konnte.«
Die Bleibtreu-Kinder kicherten. Kristina zeigte Clarissa einen Vogel. »So'n Quatsch!« krähte einer der Zwillinge. »Der Stefan würde dich nie wollen!«
»Da müßtest du ihm schon die Augen verbinden«, trumpfte der andere auf.
»Und ihn fesseln, an Händen und Füßen«, behauptete der erste mit leuchtendem Blick.
Ich ahnte, daß es jetzt gleich blutrünstig werden würde, und kürzte den ganzen Disput ab.
»Alles Blödsinn«, meinte ich nämlich, »ich weiß, wen Stefan am meisten vermißt: Antares.«
Der große, temperamentvolle dunkelbraune Antares war Stefans Lieblingspferd gewesen.
Glücklicherweise kam jetzt gerade der Bus angerollt. Beim Einsteigen wischte ich mir verstohlen eine ganz kleine Träne aus dem Augenwinkel. Für Sekunden hatte ich ein Bild vor Augen gehabt: Stefan, wie er seinen Antares ritt, gefühlvoll, aber energisch, geschickt, mit ruhiger Hand und perfektem Sitz. Wenn ich jemals so gut reiten könnte … Aber darum ging es jetzt gar nicht. Es ging nur darum, daß Stefan nicht mehr bei uns war.
Stefans Vater war von seiner Firma nach München versetzt worden. Gestern hatte Stefan sich von uns verabschiedet.
»Heute abend ist Dressurstunde«, versuchte Kristina mich aufzuheitern. Sie sah mich seltsam an.

Ob sie wohl merkte, daß ich traurig war?
»Ich weiß«, antwortete ich einsilbig.
»Ich freue mich schon. Flip wird am Ende doch noch ein Dressurpferd!«
»Ob Susanne wohl kommt?«
»Klar! Sie reitet doch jetzt Antares in den Turnierstunden. Ich freue mich für sie. Sie ist tüchtig.«
»Nicht so tüchtig wie Stefan«, murmelte ich verbissen.
Kristina warf mir einen neugierigen Blick zu. »He, du hattest ihn wirklich gern, was?«
Ihre Frage überraschte mich. Ich hatte nie darüber nachgedacht. Ich hatte Stefan gemocht, ihn geschätzt, als geschickten, einfühlsamen Reiter, als Pferdefreund, als guten Kameraden. Ich hatte mich mit ihm gekabbelt und mit ihm gelacht.
»Wir alle, oder?« fragte ich jetzt.
Kristina zuckte mit den Schultern. »Klar«, sagte sie und schnitt Clarissa, die in der Bankreihe hinter uns saß und aufdringlich ihren Kopf nach vorn streckte, eine Grimasse.

Der erste Schultag wurde dann gar nicht so schlimm. Vom Schwarzen Brett schrieb ich, wie alle Schüler der Oberstufe, zu der ich jetzt auch gehörte, meinen Stundenplan ab. Zu meinem Schrecken entdeckte ich, daß mir auch in diesem Jahr Frau Meier, meine Klassenleiterin vom vergangenen Schuljahr, nicht erspart bleiben würde.
Frau Meier war schrecklich. Alles an ihr war schrecklich – ihre Stimme, ihre geschmacklose Kleidung, ihr häßlicher zerfranster Dutt, ihre Lehrmethoden. Ständig befand sie sich auf dem Kriegspfad. Mal war sie heimtückisch und aggressiv, dann wieder geradezu albern und kindisch.
»Jetzt laßt uns fröhlich singen!« bestimmte sie am Ende jeder Stunde. Dann mußte die Klasse sich erheben und mit ihr zu-

sammen ein Lied singen, meistens ein Volkslied. Sie gab dazu einen falschen Takt an, und ihre Stimme rutschte ständig in eine zu hohe oder zu tiefe Lage.
Es war einfach lächerlich!
Nach der vierten Stunde trafen wir uns wieder an der Haltestelle, erzählten und klagten einander unser Leid.
»Noch zwei Jahre bis zum Abi«, meinte Kristina, die ein Jahr älter war als ich. »Das schaffe ich auch noch – hoffentlich ohne Ehrenrunde. Wenn man wenigstens Mathe abwählen könnte, wär's nicht ganz so schlimm. Und Deutsch. Ich verstehe diesen ganzen Gedichtkram nicht. Und was gibt's bei den Dramen und Novellen schon zu analysieren? Da hat sich einer hingesetzt, der gut mit Worten umgehen konnte, und was aufgeschrieben. Wieso soll ich mir Gedanken darüber machen, warum und zu welchem Zweck?«
Bei Kristinas Worten lief mir eine Gänsehaut über den Rücken. Papa würde wahrscheinlich sogar der Schlag treffen, wenn er sie hören könnte.
»Ganz der Vater«, würde er noch als letzte Worte hervorbringen. Er hielt Kristinas Vater Ernst-Rüdiger für einen Muskelprotz ohne jegliche Bildung und ohne Gespür für die schönen Künste.
Ich war froh, als ich nach dem Mittagessen Richtung Reitverein verschwinden konnte. Kristina schloß sich mir an.
Wir verbrachten fast unsere ganze Freizeit im Reitstall, dem alten Gut Drachenhof, das unserer kleinen Siedlung den Namen gegeben hatte.

Die Pferde waren unsere liebsten Freunde. Wir kannten sie alle, das eine mehr, das andere weniger gut. Während Kristina ein eigenes Pferd besaß, die hübsche, aber etwas träge Stute Cherry Flip, war ich darauf angewiesen, auf Schulpferden zu reiten. Mein Liebling und Stammpferd war der große schwarzbraune Diamant. Ihn liebte ich heiß und innig. Wir verstanden uns gut, waren ein eingespieltes Team und hatten gemeinsam mittlerweile auch schon die ersten Lorbeeren auf Turnieren eingeheimst.

Herr Reinhold, unser Reitlehrer, erlaubte uns auch heute, so wie meist, unsere Lieblingspferde zu reiten. Während ich Diamant sorgfältig putzte, die Schweißränder, Spuren seiner nachmittäglichen Anstrengung in den Schulstunden, gründlich wegbürstete und sein seidiges Sommerfell glättete, schielte ich immer wieder zu Antares' Box hin.

Da stand Susanne, ein mageres, schüchternes Mädchen mit Brille, ein, zwei Jahre jünger als ich, und kümmerte sich um den großen Braunen.

Susanne war ein netter Kerl und eine ganz gute Reiterin. Ich mochte sie recht gern, kannte sie nur noch nicht so gut.

Aber es war falsch.

Es war einfach falsch!

Da müßte jetzt Stefan stehen, dachte ich, und er müßte reiten. Umzüge waren eine gräßliche Sache. Ich selbst war erst vor einem Jahr ins Haus Drachenhof Nummer vier gezogen. Davor hatte ich zwei Jahre in Rom gelebt. Davor in Norddeutschland. Davor als kleines Kind am Bodensee, auf der Schweizer Seite. Und geboren war ich tatsächlich in Ägypten, wo Papa auch mal zwei Jahre für seine Firma als Bauingenieur gearbeitet hatte!

Aber an Ägypten konnte ich mich überhaupt nicht erinnern. Nur auf meiner Geburtsurkunde stand als Geburtsort: Cairo.

Jetzt aber war Papa in Rente gegangen und Schriftsteller geworden, und jetzt wollte ich nie mehr umziehen und mich umgewöhnen, trennen, Freunde verlieren und neue gewinnen müssen. Jetzt wollte ich hierbleiben, für immer – hier, wo ich mich wohl fühlte und glücklich war!
Diamant, der bemerkte, wie zerstreut ich war, wie meine Bewegungen immer langsamer wurden und ich ihm weniger Beachtung schenkte, knuffte mich energisch in die Seite und nahm dann einen Zipfel meines Polohemdes ins Maul, um daran zu ziehen und zu zupfen.
Lächelnd wandte ich mich ihm zu. »Du alter Schelm«, sagte ich leise und streichelte seine dunkle, samtweiche Nase. »Wie froh bin ich, daß ich dich habe.«
Ich war wieder mal als letzte fertig. Als ich den gesattelten und aufgetrensten Diamant nach draußen führte, ritten die anderen bereits im Schritt auf dem Dressurviereck, meist zu zweit oder zu dritt nebeneinander, am langen Zügel, fröhlich schwatzend.
Nur Clarissa und Frau Lenz hatten sich abgesondert. Clarissa versuchte mit rotem Kopf, ihre ungezogene Schimmelstute Moonbeam in die Hand zu bekommen. Moonbeam warf heftig den Kopf hin und her, zackelte, zwirbelte aufgedreht ihren Schweif und giftete jedes Pferd an, das in ihre Nähe kam. Frau Lenz ritt einsam auf einer Volte, zu den Anweisungen ihres griesgrämigen Mannes, der wie immer seinen ebenso griesgrämigen Boxer an der Leine hatte.
»Innen ziehen, innen ziehen!« hörte ich ihn sagen.
»So ein Blödian«, murmelte ich Diamant zu. »Der hat doch keine Ahnung.«
Frau Lenz, die wie stets völlig passiv, mit endlos langen Zügeln im Sattel ihrer eleganten Stute Tänzerin saß, zupfte halbherzig am inneren Zügel.

»Ziehen, ziehen!« befahl ihr Mann.
Ziehen! Er hatte wirklich keinen blassen Schimmer … Eilig zog ich den Sattelgurt nach, stellte die Bügel auf die richtige Länge ein und schwang mich in den Sattel. Diamant trottete mit kurzen, schnellen Schritten auf seine Stallgefährten zu.
Einige Minuten später tauchten Herr Reinhold und seine Tochter Monika am Rande des Vierecks auf. Sie beobachteten uns eine Weile, dann winkte Herr Reinhold uns heran.
»Wir werden uns heute mal wieder in zwei Gruppen aufteilen«, bestimmte er und überlegte kurz. »Margit, Sven, Susanne und Julia kommen mit mir auf den Abreiteplatz – der Rest bleibt mit Monika hier. Ihr vier werdet eure Pferde wohl so weit an den Hilfen haben, daß ihr auch ohne äußere Begrenzung auskommt.«
Wieso? dachte ich. Da ist doch ein Zaun drumherum …
Dann erst wurde mir bewußt, daß ich bei den »Fortgeschrittenen« mitreiten durfte, die L- und manchmal auch M-Lektionen übten. Stolz klopfte ich Diamants Hals. Daß er gut war, wußte ich. Aber meine Stärke war das Dressurreiten nicht.
Natürlich hatte Herr Lenz sofort Protest anzumelden. Mit zornrotem Gesicht stampfte er auf Herrn Reinhold zu, der sich bereits zum Gehen wandte. Dabei zerrte er seinen widerstrebenden Boxer rücksichtslos hinter sich her und strangulierte ihn fast.
Der Boxer schnaufte und sabberte. Herr Lenz meckerte. »Wieso darf meine Frau nicht in Ihrer Gruppe mitreiten?«
»Weil sie noch nicht soweit ist, Herr Lenz«, versetzte Herr Reinhold höflich, aber bestimmt und ging einfach weiter. Ruhig öffnete er uns den Eintritt des Abreiteplatzes und ließ uns passieren.
Sven und Margit waren es gewöhnt, höhere Lektionen zu reiten. Der alte Tibor, Svens Stammpferd, war bis zur Klasse M

ausgebildet und absolut gehorsam und zuverlässig. Die graziöse, aber nervöse Ma Belle war Margits Lieblingspferd. Sie bewegte sich leichtfüßig und elegant, solange nichts sie störte oder irritierte.
Laute Geräusche, hastige Bewegungen oder Menschenansammlungen aber brachten sie so aus dem Tritt, daß sie sich von Kopf bis Fuß verspannte, scheute oder sich weigerte, noch einen Schritt zu tun.
»So, ihr Lieben«, sagte Herr Reinhold mit lauter Stimme zu uns, »ihr werdet heute mal nur auf dem zweiten oder dritten Hufschlag reiten. Weg von der Umzäunung! Und ich möchte, daß ihr eure Pferde schön geraderichtet und sie auch tatsächlich geradeaus reitet, ohne Schwanken, ohne daß sie immer näher an den Zaun torkeln oder über die äußere Schulter ausfallen ... Und jetzt erst mal lösen, antraben, leichttraben, am langen Zügel – und weg von der Bande!«
Das fing ja gut an! Meine äußeren Hilfen waren nicht so besonders, und Diamant versuchte immer wieder, die bequeme Anlehnung an die Umzäunung zu bekommen.
»Mehr äußerer Schenkel, Julia«, mahnte Herr Reinhold. »Nein, nicht innen ziehen. Nicht innen! Dadurch wird dein Pferd nur immer krummer ...«
Ach, diese elende Dressur! Nein, nicht elend, schwierig. Schwierig war die ganze Sache. Meine Zügel waren zu lang, meine Bügel waren zu lang, und vor allem Diamant war zu lang! Sein Hals – sein Rücken – und mit wieviel Gewicht er aufs Gebiß drückte! Es gelang mir einfach nicht, ihn durchs Genick zu reiten.
»Nimm doch mal die Beine ran!« donnerte Herr Reinhold. »Energischer! Bei jedem Tritt! Vorne gegenhalten! Laß ihn doch nicht wegrennen. Gegenhalten! Nicht ziehen! Parade! Und von hinten ans Gebiß treiben!«

Wir waren mittlerweile zum Aussitzen übergegangen und sollten die Pferde mehr versammeln.
»Schultervor an den langen Seiten!« befahl Herr Reinhold. »Volten an den kurzen Seiten, zwei oder drei, wie ihr's hinbekommt.«
Diamant knirschte mit den Zähnen. Ich versuchte verzweifelt, ihn noch besser an den Zügel zu bekommen, ihn aufzurichten. »Nicht mit der Hand aufrichten«, mahnte Herr Reinhold diesmal. »Du mußt erst mal seine Hinterhand ranholen, die steht ja noch im Stall!«
So kam es mir allerdings auch vor. Ich keuchte, trieb, schnalzte mit der Zunge, dazu lief mir der Schweiß in Strömen übers Gesicht.
»Sven, schläfst du?« rief Herr Reinhold da. »Du sollst dein Pferd nicht einfach vor sich hintraben lassen. Jeden Tritt herausreiten!«
Verstohlen schielte ich zu den anderen hinüber, zum Dressurviereck. Monika redete ununterbrochen auf ihre Schüler ein. Sie war oft noch viel strenger als ihr Vater.
»Kristina, vorwärtsreiten!« rief sie gerade, jede Silbe betonend. »Beate, Tempo frischer! Clarissa, ruhiger! Herr Weber, ruhiger! Wirklich, ihr habt alle keine Ahnung, was Arbeitstempo bedeutet.«
»Handwechsel«, ordnete Herr Reinhold an, »und wieder Schultervor und die Volten.«
Gleich darauf fragte er Susanne, ob sie nicht bemerke, daß Antares zwar den Hals krumm mache, sich aber überhaupt nicht biege …
»Der läuft doch genau geradeaus, merkst du das nicht? Nimm doch mal den inneren Schenkel ran! Erst mal vorlassen die äußere Schulter, runter vom Hufschlag, jetzt außen begrenzen und innen treiben – jetzt – jetzt – jetzt – außen Pa-

rade, aber Innenstellung beibehalten ... Jetzt verwirft er sich! Weshalb ziehst du die äußere Hand so hoch! Laß sie unten. Unten! Und auf der richtigen Seite des Mähnenkamms ...«
Ich war froh, daß auch andere ihre Schwierigkeiten hatten. Aber Antares, der konnte ja eigentlich alles, hatte mit Stefan auch Plazierungen in A- und L-Dressur eingeheimst, obwohl beider große Stärke das Springen war.
Susanne ist eben doch nicht so tüchtig, dachte ich und versuchte, eine Art von Genugtuung zu empfinden. Aber es gelang mir nicht. Außerdem mußte ich mich aufs Reiten konzentrieren.
Als wir später zur Galopparbeit übergingen, wurde Diamant sofort lockerer und geschmeidiger. Der Galopp war seine Lieblingsgangart, und am meisten Spaß hatte er, wenn er springen durfte. Nun, Sprünge standen heute zwar nicht auf dem Programm, aber einfache und fliegende Wechsel, Galoppvolten und Außengalopp.
Wir waren alle erhitzt und total erschöpft, als Herr Reinhold die Stunde nach genau fünfundvierzig Minuten beendete. Auch die Pferde dampften. Ihr nasses Fell kräuselte sich, und Ma Belle schäumte zwischen den Hinterbacken. Dankbar klopften wir den Tieren den Hals und ließen ihnen lange Zügel. Sie rissen erleichtert die Köpfe nach vorn und nach unten, und Diamant blieb sofort stehen, um sein Maul ausgiebig an einem Vorderbein zu reiben.
Monika arbeitete noch immer mit ihrer Gruppe.
»Komm allmählich zum Ende«, forderte ihr Vater sie auf. Monika nickte. Sie ordnete Zügel-aus-der-Hand-kauen-Lassen an und befahl, die Pferde allmählich, nur mit Sitz und Stimme, zum Schritt durchzuparieren.
Der faule, dicke Luxor blieb so abrupt stehen, daß Beate, seine gedrungene, dunkelhaarige Reiterin, auf seinen Hals

kippte. Moonbeam hingegen ging über alle Berge, als sie den langen Zügel bemerkte.
Wie der Wind fegte sie über die niedrige Begrenzung des Vierecks und raste Richtung Stall, eine überraschte und hilflose Clarissa am Halse hängend.
»Typisch«, schnaubte Sven. »Die wird's nie lernen.«
Wir standen nebeneinander und konnten uns zu nichts entschließen. Ich sah zu Susanne hin. Sie strahlte trotz der Anstrengung übers ganze Gesicht.
»War das toll!« rief sie. »Ich bin so froh, daß ich jetzt an den Turnierstunden teilnehmen darf.«
»Wir treffen uns später noch in der Sattelkammer«, teilte die große blonde Margit mit. »Du solltest mal einen eigenen Becher mitbringen. Wir trinken immer etwas nach den Stunden, und meistens hat auch jemand Kekse oder Chips oder Kuchen dabei.«
Jetzt strahlte Susanne noch mehr.
»Danke, das ist spitze«, hauchte sie, errötete und fiel Antares um den Hals.
Ich blickte sie mit gemischten Gefühlen an.
Tatsächlich trafen wir uns, nachdem wir unsere Pferde gewissenhaft versorgt hatten, in der Sattelkammer. Nicht alle Teilnehmer an der Dressurstunde, aber doch der harte Kern, bestehend aus Sven, Margit, Beate, Kristina und mir.
Dienstags nach der Springstunde war auch Annette mit von der Partie. Monika und Michael, ihr Bruder, schlossen sich nur selten aus.
Und jetzt saß da also Susanne. Und Stefan fehlte.
Natürlich sprachen wir über ihn und versicherten einander, daß wir ihn vermißten.
»Jetzt muß ich euch Weiber allein in Schach halten«, behauptete Michael, der ein schlimmes Lästermaul hatte.

»He, und ich?« protestierte Sven leise.
»Du bist viel zu brav!« rief Michael feixend.
»Idiot!« nannte ihn Kristina. Wir alle riefen Michael empörte Worte zu, aber die richtige Stimmung kam trotzdem nicht auf. Sonst hatten sich Michael und Stefan gegenseitig hochgeputscht. Beide waren schlagfertig und kabbelten gerne.
»Ob Stefan wohl bald schreibt?« fragte Monika plötzlich.
»Ja, und wem zuerst?« überlegte Beate laut. Sie lachte. »Bestimmt Kristina. Mit der hatte er sich meistens in der Wolle.«
»Oder Clarissa«, rief Sven augenverdrehend.
»Vielleicht schreibt er an den Stall – an uns alle«, vermutete Margit. Ich fand es weitaus interessanter, was er schreiben würde. Ob es ihm gutging, er sich schon ein bißchen eingelebt hatte … Und ob er schon einen guten Reitstall ausfindig gemacht hatte.

Die nächsten Tage vergingen wie im Flug. Die Schule war natürlich lästig. Einer der Zwillinge kassierte gleich am zweiten Tag einen Verweis. Tante Patricia zeterte und versuchte ihren Mann aufzustacheln, dem bösartigen Lehrer tüchtig die Meinung zu sagen.

»Mach du das«, wehrte Ernst-Rüdiger sich, »ich bin eher dafür, Moritz übers Knie zu legen.«
»Das arme Kind!« kreischte Tante Patricia.
Das arme Kind hatte die Scheibe einer Glastür eingeworfen und einen Mitschüler hinterhergestoßen. Ein Glück, daß der sich nicht verletzt hatte!
Am Wochenende machten wir einen Familienspaziergang, also Papa, Mama, die Hunde und ich. Papa brütete nur wort-

los vor sich hin. Er arbeitete im Geiste bereits an einem neuen Krimi. Krimis schreiben war zu seiner absoluten Lieblingsbeschäftigung geworden.

Carina und Whiskey vertrieben sich die Zeit, indem sie Mäuselöcher aushoben. Sie sahen aus wie zwei Erdferkel, als wir endlich nach Hause kamen. Mama und ich steckten einen Hund nach dem anderen in die Badewanne, um ihn wieder sauber zu schrubben.

Whiskey, der Wasser liebte, platschte begeistert herum und überschüttete uns mit Wasserkaskaden. Als er endlich wie ein gestrandetes Walroß an Land plumpste, schwamm die Badematte bereits Richtung Flur davon.

Dann war Carina an der Reihe. Sie ist entsetzlich wasserscheu. Gemeinsam setzten wir sie, die sich heftig wand und mit den Beinen strampelte, in die frisch gefüllte Wanne. Sie kreischte und versuchte uns zu entkommen. Ich mußte sie am Halsband festhalten, während Mama sie schrubbte. Whiskey stand teilnahmsvoll dabei und versuchte, zu ihr in die Wanne zu springen. Mit einem Bein hinderte ich ihn daran.

Es war schwierig, so zu stehen. Whiskey drückte gegen mein Bein, Carina zerrte aus Leibeskräften.

Dann passierte alles auf einmal. Mama kam mit der Brause, Carina schoß senkrecht in die Luft, Whiskey warf sich halb gegen, halb über mich, und ich verlor das Gleichgewicht und klatschte ins Wasser.

Carina floh mit einem Entsetzenslaut und raste klitschnaß durch die Wohnung. Whiskey düste bellend hinterher.

Mama überließ mich meinem Schicksal und rannte den Hunden nach.

»Nicht aufs Sofa!« hörte ich sie schimpfen.

Offenbar hatten die beiden nassen Ungeheuer, von denen eins auch noch seifig war, sich aufs Sofa geworfen. Mühsam

und tropfnaß hangelte ich mich aus der Wanne. Das Kinn hatte ich mir auch aufgeschlagen. Ich betastete mein Gesicht. Mama versuchte indessen, Carina einzufangen. Schließlich mußte das Hundeshampoo noch runter.
»Julia, hilf mir doch«, befahl sie ungeduldig.
Naß und mit schaumbekränzten Haaren jagte ich Carina nach. Schließlich erwischten wir sie und wuchteten sie noch einmal in die Wanne, aus der ich das Wasser mittlerweile abgelassen hatte. Whiskey wurde ausgesperrt, die Tür sicherheitshalber geschlossen.
Endlich war Carina sauber. Wir ließen sie aus der Wanne hüpfen, hüllten sie in ein altes Bettlaken ein und rubbelten sie trocken. Dann war sie erlöst; wir öffneten ihr die Tür. Eilig rannte sie aus dem Bad, nur um auf die indische Brücke im Flur einen kleinen See zu machen.
Das tat sie sonst nie. Die Aufregung war wohl für ihre Blase zuviel gewesen.
Jetzt kam auch noch Papa angestürzt, mit wild verwuscheltem Haar und irrem Blick.
»Ruhe! Ruhe! Ruhe!« bellte er uns an und warf den Kopf so heftig zurück, daß ihm die Brille von der Nase fiel. »In diesem Irrenhaus kann kein Mensch vernünftig denken«, beschwerte er sich.
Dann bemerkte er, daß die Hunde noch feucht waren und ich sogar pitschnaß.
»Regnet es etwa?« fragte er überrascht. »Vorhin schien doch noch die Sonne.«
»Ach, Papa«, rutschte es mir heraus, »geh weiterschreiben!«
Dann ging ich in mein Zimmer, um mich umzuziehen.

Als ich am Dienstag nach der sechsten Stunde nach Hause kam, wartete dort eine kleine Überraschung auf mich.

»Post für dich«, teilte Mama mir mit.
»Aus Rom?« fragte ich neugierig. Meine römischen Freundinnen Maria und Bice schrieben mir noch immer regelmäßig. Ich ihnen natürlich auch.
»Nein. Von Stefan.«
»Von Stefan? Oh!« Das war wirklich eine Überraschung. Ich freute mich.
»Hier ist der Brief. Lies ihn mir doch vor«, forderte Mama mich auf.
»Aber Mama!« protestierte ich und schüttelte den Kopf. Was Mütter sich manchmal einbildeten! Nicht zu fassen!
Ich schnappte mir Stefans Brief und verzog mich damit auf mein Zimmer.
»Wir essen gleich«, erinnerte Mama mich. Sie war mir nachgelaufen und lehnte jetzt im Türrahmen. »Na, was schreibt er denn? Wie geht es ihm?«
»Ich lese den Brief nach dem Essen«, beschloß ich und legte ihn mit leisem Groll beiseite. Jetzt würde ich mich doch nicht in Ruhe damit beschäftigen können.
»Julia hat einen Brief von Stefan bekommen«, erzählte Mama beim Mittagessen und blinzelte mir verschwörerisch zu. Papa hob den Blick und sah zwischen Mama und mir hin und her. Seinem Gesichtsausdruck war zu entnehmen, daß er überhaupt keinen Durchblick hatte.
»Welcher Stefan?« fragte er auch prompt.
»Stefan Feldmann«, antwortete Mama.
Ein mißtrauisches Glitzern stahl sich in Papas Augen. »Kenne ich nicht«, behauptete er. »Was ist das für ein Knabe? Solide, hoffe ich.«
»Es ist der jüngere Sohn von Feldmanns, die früher in Nummer zwei gewohnt haben«, half Mama Papas Gedächtnis auf die Sprünge.

Seine grüblerische Stirn erhellte sich. »Ah, der Reitersmann!« sagte er ebenso zackig wie albern.
»Ja, der«, bestätigte Mama. »Ist das nicht nett?«
Papa kaute an seiner Unterlippe. »Ich bin eigentlich gegen das Reiten«, erklärte er. »Sinnlose Beschäftigung. Bringt keinem etwas, nur den Reitlehrern, die werden reich davon.«
Ich beschloß, nicht weiter auf das Thema einzugehen. Papa war jeder sportlichen Betätigung abgeneigt. Außerdem fand er Pferde gefährlich. Sie waren ihm zu groß und zu unberechenbar und hatten große, gelbe Zähne, mit denen sie kräftig zubeißen konnten …
»Warum schreibt der Bursche dir? Kann er nicht einfach vorbeikommen?« wandte Papa sich nun an mich.
»Feldmanns sind doch umgezogen!« erinnerte Mama mit Nachdruck. »Ich bin gespannt, wann die neuen Leute einziehen. Und wie sie so sind.«
Jetzt hatte sie ein neues Thema gefunden.
Ich nahm mir eine zweite Portion Schinkennudeln, und Papa fuhr fort, heimlich unterm Tisch die Hunde zu füttern.
Sein Schälchen Kompott zum Nachtisch teilte er allerdings mit niemandem.
Papa war versessen auf Süßes. In seinem Arbeitszimmer stapelte er alle Sorten von Süßigkeiten, und in einem Fach seines Sekretärs bewahrte er eine Flasche Likör auf. Das sollte natürlich niemand wissen. Papa hat gern Heimlichkeiten, harmlose Heimlichkeiten.
Manchmal ist er schon ein bißchen albern.
Endlich war das Essen beendet, und ich konnte wieder die Treppe nach oben und in mein gemütliches Zimmer unterm Dach. Kristina war noch nicht zu Hause. Sie hatte heute Nachmittagsunterricht.
Ich warf mich auf mein Bett und öffnete Stefans Brief.

Ein peinliches Mißgeschick

»Ich habe einen Brief von Stefan bekommen!« rief ich Kristina entgegen, als ich ihre Schritte vor meiner Tür hörte. Sie warf hastig ihre Schulmappe in ihr Zimmer und stürzte dann zu mir herein.
»Zeig mal! Was schreibt er?«
Ich wedelte mit dem Brief vor ihrer Nase herum. Sie lachte und schnappte danach, erwischte ihn aber nicht.
»Wieso hat er dir eigentlich geschrieben und mir nicht?« beschwerte sie sich dann.
Ihre Stimme klang ein wenig eifersüchtig.
»Er läßt dich grüßen«, versicherte ich schnell. »Und er erwähnt, daß er jedem aus unserer Gruppe schreiben will – abwechselnd sozusagen. Und daß er sich über Post von uns allen freuen würde. Und …«
»Laß doch mal sehen«, unterbrach Kristina ungeduldig und riß mir die beiden Briefbögen aus der Hand. »Es steht doch wohl nichts Unanständiges drin, oder?« neckte sie mich.
Ich mußte lachen. »Blödsinn! Lies den Brief ruhig, wenn du möchtest.«
Stefan hatte seinen Brief wirklich ziemlich allgemein gehalten, in freundlichem Plauderton, ohne den teils bissigen, teils gutmütigen Spott, der ihn sonst auszeichnete. Man spürte zwischen den Zeilen, daß er sich Mühe gab, heiter und zuversichtlich zu sein, daß er sich aber noch keineswegs glücklich oder wenigstens zufrieden fühlte.
Alles war so ungewohnt für ihn, so fremd. Wenigstens hatte er schon einen recht guten Reitstall gefunden.
»Einen, der weiter draußen liegt und auch über Koppeln verfügt. In zwei anderen Ställen gab's überhaupt keine Weiden, da stehen die Pferde nur in ihren Boxen, rund um die Uhr.

Gräßlich! Wände und Gitterstäbe und zwischendurch ein bißchen Reithalle – daraus besteht ihre Welt. In einem solchen Stall würde ich mich nicht wohl fühlen.«
So schrieb Stefan. Ich konnte ihn gut verstehen. Die Pferde auf dem Drachenhof kamen jeden Tag ins Freie, wenn das Wetter halbwegs mitspielte. Alle außer Moonbeam. Das arme Tier durfte sich nur selten draußen die Beine vertreten – jedenfalls ohne Reiterin. Clarissa und ihre Mutter hielten Weidegang für gefährlich und die anderen Pferde für mordlüsterne Ungeheuer, die nur darauf warteten, über Moonbeam herzufallen und sie in Stücke zu zerlegen.
»Gestern« – das war am Samstag gewesen, wie wir dem Datum des Briefkopfes entnehmen konnten – »bin ich zum erstenmal geritten. Nicht in der Schulstunde – der Reitlehrer wollte mir allein auf den Zahn fühlen. Zuerst bekam ich ein riesiges, steifes, altes Roß, ursprünglich Rappe, aber in Ehren ergraut – im wahrsten Sinne des Wortes. Das Pferd besteht fast nur noch aus grauem Stichelhaar. Ich bemühte mich redlich, den alten Kämpen zu motivieren, aber ich tat mir schwer … Saskia und selbst Luxor sind geschmeidig und temperamentvoll im Vergleich zu dem alten Sindbad …«

»O je«, entfuhr es Kristina an dieser Stelle, »armer Stefan! Wo er doch Antares gewöhnt ist – und Cracks wie Raphael oder Monteverdi!«
Stefan hatte oft auch außer der Reihe reiten dürfen, junge Nachwuchspferde wie das Temperamentsbündel Raphael oder Herrn Reinholds früheres Spitzenpferd, den noch immer topfitten, wunderbaren Monteverdi.

»Endlich hatte der Reitlehrer Erbarmen«, schrieb Stefan weiter. Kristina und ich hatten gemeinsam die Köpfe über den Brief gebeugt, und Kristina las halblaut vor. »Offenbar war er trotz allem nicht ganz unzufrieden. Ich hatte vorher nicht viel erzählt, nur daß ich seit sieben Jahren reite. Er ließ mir dann noch ein anderes Pferd bringen, Robinie, eine kräftige Apfelschimmelstute mit wahnsinnig muskulösem Hals und ziemlich wildem Blick. Die sollte ich zuerst dressurmäßig reiten und dann springen. Sie ist ein ziemlicher Feuerstuhl, ungebärdig und hält nicht viel von Versammlung. Besonders durchlässig ist sie nicht gerade. Kein Vergleich zu Antares! Der konnte auch hitzig sein, war aber immer gut zu regulieren und an den Hilfen zu behalten.«

Kristina warf mir bedeutungsvolle Blicke zu.

»Ja, Antares«, seufzte ich. »Der ist nicht schlecht!«

»Aber auch schwierig, oder?«

»Also, ich packe ihn kaum«, gab ich zu. »Ich wundere mich, daß Susanne so gut mit ihm klarkommt, obwohl sie doch ziemlich schmächtig ist.«

»Bei Stefan ging er am besten«, fand Kristina.

»Stimmt. Aber lies weiter!«

Wir beugten uns wieder über den Brief, dessen Inhalt ich ja bereits kannte.

»Dann ging es ans Springen«, schrieb Stefan, »und endlich wurde mir wohler. Robinie ist furchtbar hitzig und dickköpfig, aber ein großartiges Springpferd. ‚Rückwärts passend machen‘ kann man mit ihr allerdings keine Distanz! Da geht nur nach vorne ausgleichen. Ich hatte zuerst Schwierigkeiten, kam dann aber gut zurecht. Der Reitlehrer war zufrieden und fragte mich noch ein bißchen aus. Als ich ihm erzählte, daß ich Dressur bis zur Klasse L und Springen bis M geritten bin – daß es nur zwei M-Springen waren, habe ich ihm nicht auf die Nase gebunden –, war er doch beeindruckt und meinte, er habe schon gemerkt, daß ich eine sehr solide Grundausbildung genossen habe ...«

Stefan schrieb dann noch, daß er in Zukunft zwei Reitstunden pro Woche nehmen wollte, und schilderte mit kargen, wenig begeisterten Worten sein neues Heim und die Umgebung. »Bald fängt auch hier die Schule an«, erwähnte er zum Schluß. »Ich hasse die Schule! Euch hat sie ja schon fest im Griff ... Laßt euch bloß nicht unterkriegen! Hast du wieder die alte Schreckschraube von Meier erwischt? Grüß das Streifenhörnchen und auch alle anderen von mir: Michael und Monika, Herrn Reinhold, Justus, Sven, Margit, Beate, Annette und wen du noch so siehst. Ich schreibe einem nach dem anderen und freue mich über viel, viel Post.«

Kristina ließ den Brief sinken. »Er hat mich wieder Streifenhörnchen genannt«, stellte sie fest.

Ihre Stimme klang beinahe traurig.

»Ob wir auch Clarissa grüßen sollen?« fragte ich, um sie und auch mich selbst abzulenken. »Und Frau von Rosen, den alten Besen?«

»Er hat ‚alle' geschrieben«, stellte Kristina fest, »also meint er auch Clarissa, die alberne Gans, und ihre gräßliche Mutter. Aber Frau von Rosen grüße ich nicht. Wir sehen sie ja zum Glück kaum.«

Frau von Rosen war eine ältere, stocksteife, spindeldürre Dame mit arrogantem Benehmen und herrischem Auftreten. Wir waren froh, wenn wir ihr nicht begegneten. Sie hatte es geschafft, sich innerhalb kurzer Zeit bei jedem einzelnen im Stall unbeliebt zu machen.

»Heute abend ist Springstunde«, wechselte Kristina dann das Thema. »Ich freue mich. Obwohl Flip sich eher zum Dressurpferd eignet.«

Zu dieser Erkenntnis war Kristina gelangt, nachdem ihre Stute sich ein paarmal in E-Dressuren hatte plazieren können. Ich schwieg skeptisch. Meines Erachtens ging die Begeisterung mit Kristina durch, und sie war zu zuversichtlich. Flip war deutlich gegen alles eingestellt, was nach Arbeit roch, und ich bezweifelte, daß sie jenseits der Klasse A eine Chance haben würde.

»Hast du viele Hausaufgaben auf?« fragte ich Kristina nach kurzem Überlegen.

»Nicht viel, mache ich später.«

»Ich lieber jetzt gleich. Den Abend will ich mir nicht verderben lassen. Papa wird giftig, wenn er das Gefühl hat, daß ich die Schule vernachlässige.«

Kristina kicherte respektlos. »Als ob dein Vater jemals irgend etwas mitbekäme!«

»Was er nicht soll, schon«, widersprach ich und klappte, um einen Schlußpunkt zu setzen, meine Schulmappe auf. Kristina, die erkannte, daß es mir mit den Hausaufgaben ernst war, erhob sich seufzend.

»Na gut, dann gehe ich rüber und mache mich auch an die Arbeit. Aber wenn wir fertig sind, gehen wir gleich in den Stall, abgemacht?«

Ich versprach es ihr.

Kristina hatte zwar weit mehr Probleme in der Schule als ich, aber dafür hatte ich mehr Probleme mit meinen Eltern zu erwarten, falls ich absacken würde. Mama war streng, wenn es sein mußte, und Papa würde mir sofort das Reiten verbieten, so weit kannte ich ihn.

Nach Tante Patricias Ansicht waren nur die Lehrer schuld an Kristinas schlechten Noten, und Ernst-Rüdiger pflegte mit strahlendem Lächeln zu versichern, daß man es auch ohne Abitur zu etwas bringen könne.

Dazu ließ er dann zumeist die Muskeln an seinen braungebrannten Armen spielen.
»Natürlich kann man«, knurrte Papa, wenn er solche Worte hörte, »aber der Kerl bildet sich doch wohl nicht ein, daß er es zu irgendwas gebracht hat?«
Er hielt von seinem Schwager, der nur Sport und seinen Body im Kopf zu haben schien, herzlich wenig.
Ich fand Ernst-Rüdiger ganz witzig. Ein bißchen oberflächlich, aber anständig und gutmütig. Seine Frau war mir nicht annähernd so sympathisch! Tante Patricia war irgendwie künstlich, und sie hatte etwas Lauerndes an sich. Das war mir unheimlich. Ich traute ihr nicht. So etwas wie Zuneigung konnte da unmöglich entstehen.
Gegen halb sechs trafen Kristina und ich uns vor unserem eigenen kleinen Bad. Kristina wollte sich die Zähne putzen, weil sie ihre Lernversuche immer mit Schokoriegeln unterstützen mußte. Ich hatte gerade die Hunde gebürstet und wollte mir die Hände waschen. Umgezogen war ich schon.
»Ich bin auch gleich fertig«, versprach Kristina.
Zehn Minuten später stolperten wir gemeinsam die Treppe hinunter und machten kurz in unserer Wohnung Station.
»Ich nehme mir ein paar Äpfel für Diamant!« rief ich laut in die Wohnung hinein.
»Aber nicht die teuren!« klang Mamas Stimme streng aus dem Wohnzimmer.
»Welches sind die teuren?« fragte Kristina.
Ich zuckte mit den Schultern. Hinter mir tauchte Papa auf und beobachtete mißtrauisch, wie ich einige Äpfel aus der Obstschale fischte.
»Die grünen laß liegen«, ordnete er an. »Die mag ich am liebsten. Ich sehe wirklich nicht ein, weshalb ich mir von einem Pferd meine Äpfel wegfuttern lassen muß.«

Meine Äpfel! Papa konnte sich wirklich anstellen …
Hastig nahm er sich zwei Äpfel aus der Schale und versteckte sie hinter seinem Rücken.
»Blödsinnige Reiterei«, murrte er dann unwillig und verschwand eilig in Richtung Arbeitszimmer, das kostbare Obst fest an sich gepreßt.
»Ich glaube, er wird kindisch«, meinte Kristina kritisch. Gut, daß Papa das nicht gehört hatte!
Unbehelligt gelangten wir an der Wohnung von Kristinas Familie vorbei ins Freie. Die Zwillinge spielten zwar in einer Ecke des Gartens, machten aber so viel Lärm, daß sie uns nicht bemerkten.
Als wir den Stall erreichten, waren die übrigen Reitkameraden schon versammelt. Da Annette erst vor zwei Wochen am Blinddarm operiert worden war und noch nicht wieder reiten konnte, sollte heute Herr Weber Kassim springen. Er war ja auch derjenige, der den Schimmel in den Dressurstunden ritt, da Annette, ohnehin ein Dressurmuffel, keine Lust hatte, Kassim, der ebenfalls dressurfeindlich eingestellt war, auf dem Viereck zu reiten.
»Ich bin ganz schön aufgeregt«, teilte Herr Weber uns mit, strahlte dabei aber übers ganze Gesicht.
»Ich auch«, stimmte Susanne zu. Sie stampfte nervös von einem Fuß auf den anderen.
»Und blaß wie Butterkäse«, spottete Michael, der wieder einmal, wie so oft, Raphael springen wollte.
Auch Monika hatte die Absicht mitzureiten, und zwar auf Saskia, der jungen, noch wenig erfahrenen Stute, die manchmal lieb und sanft, manchmal aber auch wild und unberechenbar sein konnte.
»Wo Papa nur bleibt?« Monika wunderte sich.
Doch eine Minute später tauchte Herr Reinhold auf.

Er wirkte ruhig, ein bißchen nachdenklich und sah uns der Reihe nach prüfend an, bevor sein Blick auf mir haften blieb. Ich fing an, mich unbehaglich zu fühlen.

»Ihr reitet die üblichen Pferde«, sagte Herr Reinhold nur und wandte sich schon wieder zum Gehen.

Doch dann hielt er kurz inne. »Monika, wir haben da später noch diese Privatstunde … Saskia kann ruhig früher in den Stall … Übrigens«, fiel ihm noch ein, »müssen wir auch mit Luxor langsam machen. Er geht ja schon seit einer Woche wieder klar, aber mehr als ein paar kleine Hüpfer sollten wir ihm nicht zumuten.«

Beate, Luxors Reiterin, nickte. »Schon klar«, meinte sie und fügte murmelnd hinzu: »Als ob ich meinen armen Dicken überanstrengen würde!«

Ich war mittlerweile zu Diamant gegangen, um ihn zu putzen und zu satteln. Ich freute mich sehr auf die Springstunde. Mit Diamant zu springen war das Schönste, was ich mir vorstellen konnte. Er war stets so willig und eifrig, voller Tatendrang. Sobald er Hindernisse sah, wußte er, worum es ging. Auf dem Parcours war es fast schwieriger, ihn an einem Sprung vorbeizulenken, als ihn darüberzureiten.

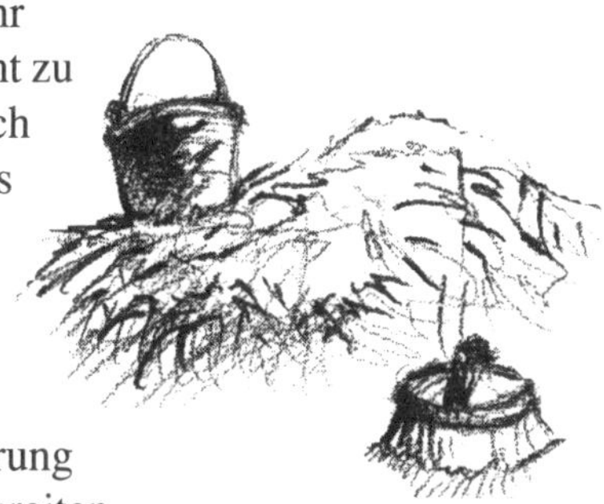

Heute allerdings machte Diamant einen etwas zurückhaltenden Eindruck. Nicht direkt lustlos, aber doch so, als befände er sich nicht in allerbester Stimmung. Er stand sehr ruhig, spielte nur mit den Ohren und hatte einen irgendwie grämlichen Zug ums Maul.

»Geht's dir nicht so gut, mein alter Gauner?« fragte ich ihn und zupfte ihn sanft an einem Ohr.

Diamant sah mich freundlich, aber ein bißchen müde an.
»Monika, weißt du, was Diamant hat?« fragte ich, als ich sie auf der Stallgasse sah.
Sie blieb sofort stehen. »Nein. Fehlt ihm etwas?«
»Er wirkt so müde. Irgendwie schlapp.«
Monika streichelte Diamants Nase. »Der Vormittag war ein bißchen aufregend für ihn«, erzählte sie mir. »Er hat in letzter Zeit schlecht gefressen, und wir haben festgestellt, daß er Haken hat. Der Tierarzt war da, um seine Zähne abzuraspeln. Vielleicht liegt es daran.«
Jetzt kam auch Justus, der alte Pferdepfleger, vorbei.
»Justus, was meinst du?« wandte Monika sich an ihn.
Justus blieb stehen und kratzte sich am Kopf. »Er ist in Ordnung«, brummte er dann. »Vielleicht 'n bißchen angegrätzt.«
»Meinst du? Nur sauer? Nicht müde?«
Justus grunzte und schüttelte den Kopf. »Bißchen«, meinte er dann, »aber reit ihn ruhig.«
Wenn Justus meinte ... Niemand im Stall wußte so gut über die Pferde Bescheid, nicht einmal Herr Reinhold selbst!
Als ich Diamant später nach draußen führte, ließ er immer noch seine langen Schlappohren hängen und hatte einen leicht mißmutigen Blick. »Mein armer Junge«, bemitleidete ich ihn. »Haben sie mit der schrecklichen großen Raspel in deinem Maul herumgefummelt? So was!«
Diamant warf mir einen raschen Seitenblick zu.
Gut, daß er mein törichtes Geschwätz nicht verstand! Manchmal benahmen wir Menschen uns den Pferden gegenüber doch reichlich albern.
Glücklich im Sattel, ritt ich durch den Einlaß auf den Parcours. Sofort wurde Diamant unter mir munterer. Er hob den Kopf, schritt freier aus, gelöster, eifriger. Und er schielte zu sämtlichen Hindernissen hin, an denen wir vorbeikamen.

»Ja, da springen wir bald drüber«, versprach ich ihm lachend und klopfte seinen dunkelglänzenden Hals.
Susanne auf dem großen, aufgekratzt tänzelnden Antares ritt an meine Seite.
Aufgeregt lachte sie mir zu.
»Meine erste richtige Springstunde«, erklärte sie mir. »Hoffentlich blamiere ich mich nicht.«
»Woher denn«, widersprach ich und wunderte mich ein wenig. Schließlich war Susanne schon in einigen kleinen E-Springen gestartet, verfügte also wohl doch über eine gewisse Erfahrung.
»Und wenn ich runterfalle?« unkte sie jetzt.
»Steigst du wieder auf und reitest weiter«, mischte Margit sich ein, die in der Nähe ihre Volten ritt. Sie versuchte, Ma Belle tief einzustellen und ruhig und entspannt im klaren Schrittakt gehen zu lassen.
Vom Stall her kam auch Kristina angetrabt. Und an Susannes linke Seite gesellte sich Beate.
»Was macht Luxors Bein?« fragten wir.
Die Verletzung überm Vorderfußwurzelgelenk war noch deutlich zu sehen, weil Luxor dort die Haare fehlten. Es war aber alles sehr schnell und problemlos verheilt. Er war auch nur drei oder vier Tage lahm gewesen.
»Es geht ihm gut«, versicherte Beate, »und er ist richtig munter. In der letzten Dressurstunde habe ich ihn ja auch geritten. Da war er richtig knackig.«
Luxor nahm im Augenblick nur an einer Stunde am Tag teil. Das schien dem eher faulen Kerl gerade zu gefallen!
Im nächsten Moment erschien Herr Reinhold. Die Stunde konnte beginnen.
Wir fingen an, unsere Pferde abzureiten, sie zu lösen und aufzuwärmen. Viel Trab am langen Zügel, dazwischen Galopp

im leichten Sitz, wieder Trab über Trabstangen und kleinere Gymnastiksprünge.
Diamant unter mir machte keinen allzu schlechten Eindruck. Er war aufmerksam und willig, allerdings nicht so übermütig wie sonst oft, wenn es ans Springen ging. Ausgesprochen schlechter Laune war Kassim, der kleine, eckige Schimmel mit dem hübschen, arabisch geprägten Kopf. Er ging wild und heftig gegen die Hand, stellte sich dauernd quer und rannte im Galopp davon, obwohl er aus dem Trab springen sollte. Herr Weber, der sich zuerst so gefreut hatte, weil er auch einmal an einer Springstunde teilnehmen durfte, war ziemlich verzweifelt.
»Nur die Ruhe behalten«, sagte Herr Reinhold gemütlich. Ausgerechnet er, der sonst auf exaktes Reiten und gute Leistungen so großen Wert legte. »Wenn's mal nicht so klappt – was soll's?«
»Was ist denn mit dem los?« raunte Kristina mir zu. Ich zuckte mit den Schultern. Herr Reinhold war heute wirklich äußerst milde gestimmt!
Nicht einmal als Moonbeam im Galopp davonbrauste und schließlich mit einer Reihe von Bocksprüngen in die wartende Gruppe der anderen Pferde raste, wurde er laut. Clarissa klammerte sich verzweifelt an Moonbeams Hals und kreischte, was ihr kummergewohntes Pferd wenig, die nervöse Ma Belle aber um so mehr störte.
»Es ist eine Schande«, meckerte Herr Lenz, der mit Boxer an der Umzäunung stand. »Eine richtige Schande! Diesen Kindern müßte man das Reiten verbieten!«
Je mehr er sich ärgerte, desto zufriedener schien er gleichzeitig zu sein. Er gehörte wohl zu den Menschen, die nur glücklich sind, wenn sie schlechte Laune haben können. So was Verrücktes gibt's …

Allmählich gingen wir von Trabstangen und kleinen Gymnastiksprüngen zu höheren In-Outs über.
»Beate, du arbeitest noch ein wenig dressurmäßig«, ordnete Herr Reinhold an. »Mach Luxor wieder schön locker, reite vorwärts und in die Tiefe. Du kannst auch über die Trabstangen gehen, aber nicht mehr springen.«
Beate nickte gehorsam. Sie war ein Typ, der selten aufmuckt, hatte eine patente, unkomplizierte Art.
Diamants Laune hatte sich stetig gebessert. Er vergaß, sein armes Maul in gekränkte Plisseefalten zu legen, und ging sämtliche Sprünge mit Feuereifer und viel Schwung an. Herr Reinhold ließ sich sogar zu einem Lob hinreißen, was selten vorkam.
»Und jetzt der Parcours«, meinte er, als etwa die Hälfte der Stunde vorüber war. Er erklärte uns den Kurs, zeigte auf die einzelnen Hindernisse, ging dabei sogar den Weg ab und gab uns gleich bestimmte Tips, machte auf Schwierigkeiten und kniffelige Wendungen oder Distanzen aufmerksam.
»Margit beginnt«, entschied er dann.
Ma Belle, die einen ausgeglichenen Tag hatte, sprang anstandslos. Es folgten Tänzerin, die zweimal verweigerte, weil ihre Reiterin wieder zu passiv im Sattel saß, und Tosca, eine etwas derbe, aber sehr willige braune Stute, die einem älteren Privatreiter gehörte.
»Jetzt Saskia. Dann kannst du später ...«
»Schon klar«, unterbrach Monika ihren Vater.
Saskia machte weniger Schwierigkeiten als erwartet, riß zwar einmal und verweigerte einmal an der Mauer, an der ihr irgend etwas nicht paßte. Aber sie ließ sich anfassen, verwandelte sich diesmal nicht plötzlich in ein rasendes Ungeheuer, sondern erledigte ruhig, wenn auch ohne große Begeisterung ihre Aufgabe.

»Kann rein!« Herr Reinhold nickte mir zu. »Jetzt du, Julia. Mal sehen, wie Diamant springt.«
Gut natürlich, dachte ich voller Überzeugung. Komisch, daß er so was sagt ... Diamant ist in Bombenform, und wenn wir patzen, liegt's an mir.
Gerade als wir angaloppierten, rumpelte ein Pferdehänger über den Hof auf den Parcours zu. Ich sah aus den Augenwinkeln, wie Auto und Hänger etwa zehn Meter vom Zaun entfernt hielten und wie sich die beiden vorderen Autotüren öffneten.
Dann hatten wir bereits den ersten Sprung erreicht. Vielleicht hatte ich mich ablenken lassen, vielleicht war auch Diamant durch das Aufkreuzen des Anhängers aus seiner Konzentration gerissen. Jedenfalls schlug er mit beiden Vorderbeinen heftig gegen die Stange, die auch gleich mit dumpfem Poltern zu Boden fiel.
Blöd, dachte ich, aber was soll's?
Ich wendete in weitem Bogen nach rechts, auf die Triplebarre zu. Dann ein Oxer. Wieder eine Wendung, ziemlich eng diesmal.
Diamant stutzte kurz und schielte zur Seite. Dort luden gerade zwei Personen ein Pferd aus, eine kastanienbraune Stute.
»Na komm«, raunte ich, »bleib bei der Sache.«
Diamant galoppierte und sprang. Seine Ohren waren gespitzt. Jetzt die Zweifache mit der vertrackten Distanz, vor der Herr Reinhold uns gewarnt hatte.
Aufnehmen! gab ich mir selbst unhörbare Anweisungen. Aufnehmen, Galoppsprung verkürzen, sonst kann's nicht passen! Mit Paraden und leiser Stimme versuchte ich, Diamants Tempo zu vermindern. Er sprang am liebsten aus voller Fahrt, es war oft nicht leicht, ihn ruhig und reguliert über einen ganzen Parcours zu bringen.

Auch diesmal drückte er unwillig aufs Gebiß und schüttelte leicht den Kopf.
»Nicht doch!« sagte ich laut und nahm ihn ganz energisch auf, woraufhin er empört mit dem Kopf schlug. Den ersten Sprung der Kombination nahmen wir glatt, kamen aber natürlich zu dicht an den zweiten heran. Diamant versuchte noch zu bremsen, kam aus dem Tritt und sprang gegen die Planken, die polternd zu Boden gingen.
»Dussel«, schimpfte ich ihn, »warum machst du auch nicht langsam, wenn ich's dir sage? Du weißt auch nicht immer alles besser!«
Diamant hatte schon wieder die Ohren gespitzt. Sein Blick suchte das nächste Hindernis.
Das war die Mauer. Wieder schielte ich kurz zur Umzäunung hin. Ich sah die kastanienbraune Stute, die aufgeregt herumtippelte und den Kopf heftig hin und her schleuderte, daneben ein stämmiges rothaariges Mädchen und einen Herrn mit grauem Haar und grauem Vollbart.
Die kenne ich doch, dachte ich noch. Dann hatten wir bereits die Mauer erreicht und übersprungen.
Jetzt der Trakehner Graben. Der war mir immer unheimlich. Aber ich wußte, daß Diamant normalerweise keine Probleme damit hatte, daß ihn das dunkle Loch unter den naturfarbenen Stangen nicht schrecken konnte.
Wenn ich nur nicht so unkonzentriert gewesen wäre! Wieder hatte ich das Gefühl, als wäre irgend etwas nicht in Ordnung. Mein Magen krampfte sich zusammen, meine Hände in den Reithandschuhen wurden kalt und feucht. Auch Diamant

wirkte, als wäre er nicht mehr ganz bei der Sache. Als wir auf den Trakehner Graben zugaloppierten, fiel mir plötzlich wieder ein, woher ich das Trio an der Umzäunung kannte: vom letzten Turnier. Es waren Herr Rabenstein, seine Tochter Arlette und die Stute Dakota.

Mein Herz schien plötzlich lauter und schneller zu klopfen. Wir galoppierten direkt auf die drei zu. Gerade als Diamant seinen letzten Galoppsprung vor dem Hindernis machte, riß Dakota sich los und rannte über die Außenplätze davon.

Diamant stutzte wieder, warf den Kopf herum, bremste halb ab und machte einen seltsam verqueren Hüpfer zur Seite. Ich war schon beim plötzlichen Abbremsen aus dem Gleichgewicht geraten, fühlte jetzt, wie ich über die Schulter geschleudert wurde und sah die ganze Welt in rasender Geschwindigkeit um mich herumwirbeln. Blau, Braun, Grün, alle Farben stürzten gleichzeitig auf mich ein, und dann schlug ich am Boden auf.

Doch etwas stimmte nicht: Meine Beine sackten unter mir weg. Sekundenlang war ich von Panik erfaßt, bevor ich verstand: Diamant hatte mich fast in den Graben geworfen, mein Oberkörper lag noch auf ebener Erde, aber meine Beine waren in den Graben gerutscht.

Zu allem Elend fiel auch noch die unterste Stange auf mich und klemmte mich ein.

Ich zappelte hilflos. Dazu fühlte ich mich so lächerlich wie noch nie in meinem Leben.

»Bist du heil geblieben?« hörte ich da Herrn Reinholds Stimme neben mir.

»Alles in Ordnung«, versicherte ich, während er die Stange beiseite schaffte und mich wieder »ans Tageslicht« zog.

»Mensch, Julia, so was Albernes habe ich ja noch nie gesehen!« schrie Michael mir zu und brüllte dabei vor Lachen.

Auch die anderen lachten jetzt unterdrückt. Sie meinten es nicht im mindesten böse, das wußte ich. Dennoch stieg mir die Schamröte ins Gesicht, und ich fühlte eine seltsame Mischung aus Zorn und heulendem Elend in mir aufsteigen. Diamant war natürlich über alle Berge. Er tanzte in einer entlegenen Ecke der Anlage um Dakota herum, die ihn abzuwehren versuchte und nach ihm biß, wobei sie zornig quietschte und schrill kreischte.
»Kann mal jemand die Pferde einfangen?« fragte Herr Reinhold ruhig.
»Wie wär's mit Julia?« schlug Michael feixend vor. »Die hat kein Roß mehr unterm Hintern, das sie irgendwie stören könnte …«
Herr Reinhold warf seinem Sohn einen strafenden Blick zu. »Vielleicht gehst du«, versetzte er und faßte Raphael mit bestimmender Gebärde beim Zügel.
Auch Arlette und Herr Rabenstein waren losgelaufen, hatten aber bisher nicht viel erreicht. Arlette rief nur immer den Namen ihrer Stute, und ihr Vater versuchte abwechselnd, Diamants fliegende Zügel oder Dakotas baumelnden Strick zu erwischen.
Natürlich rannte jetzt auch ich los. Ich war schließlich heil geblieben und verpflichtet, mich um Diamant zu kümmern. Als ich an Herrn Lenz vorbeilief, warf der mir gehässige Blicke zu. »Eine Katastrophe! Eine einzige Katastrophe!« rief er mir empört nach.

Arlette und Dakota

Ich bemühte mich, seine Rufe zu überhören.
Statt dessen rannte ich, so schnell es meine plumpen Stiefel erlaubten, auf Diamant zu. Der hatte mittlerweile die Nase voll von dieser zickigen Stute, die sich weder beschnuppern noch höflich zwicken noch zum Mähnekraulen einladen lassen wollte. Gelangweilt wandte er sich ab und trottete, als ich seinen Namen rief, gemütlich auf mich zu.
Hastig stopfte ich ihm zwei Leckerlis ins Maul und klopfte seinen Hals. »Braver Junge«, murmelte ich, obwohl ich eigentlich auch auf ihn ein bißchen ärgerlich war.
Hatte er sich unbedingt so bockig benehmen müssen?
»Erstaunlich, wie das Pferd dich kennt«, meinte Herr Rabenstein, an mich gewandt.
»Warum auch nicht?« versetzte ich verwundert. »Ich reite ihn ja immer und kümmere mich um ihn.«
Dabei beobachtete ich aus den Augenwinkeln, wie Dakota fortfuhr, Arlette zu foppen. Arlette versuchte inzwischen auch, ihre Stute einzufangen, rief und lockte, griff immer wieder nach dem Seil, hatte aber gegen ihr Pferd keine Chance. Dakota tänzelte hin und her, wich seitlich und rückwärts aus und warf den Kopf von einer Seite auf die andere.
Es war deutlich zu sehen, daß sie ihrer Besitzerin auf der Nase herumtanzte.
»Papa, hilf mir doch«, bat Arlette mit dünner Stimme. In ihren Augen glitzerten Tränen.
O weh, ein Mimöschen, dachte ich.
Arlette hatte schon beim Turnier einen sehr unsicheren, zaghaften Eindruck auf mich gemacht.
Glücklicherweise kam jetzt Michael angestiefelt, trickste Dakota mit zwei Scheinbewegungen aus und stand genau im

richtigen Moment an der richtigen Stelle, um nach ihrem Führstrick zu greifen und die Stute mit energischem Ruck an weiteren Eskapaden zu hindern.
»Schluß jetzt, meine Dame«, befahl er. »Für heute reicht's, jetzt benimmst du dich.«
Dakota blähte die Nüstern und hob den Kopf. Ihre Haltung signalisierte Abwehr.
»Soll ich sie führen, oder nimmst du sie?« wandte Michael sich an Arlette.
Arlette schrumpfte noch mehr zusammen. Michael mit seiner Größe von einsneunzig, seiner selbstsicheren Art und seinem überlegenen Tonfall konnte eine ohnehin etwas ängstliche Maus sehr leicht einschüchtern.
»Ich führe das Pferd«, erklärte Herr Rabenstein und nahm Michael den Strick aus der Hand.
»Und was ist mit dir? Willst du hier Wurzeln schlagen oder den Kampf mit dem Trakehner Graben noch mal aufnehmen?« Michaels spöttischer Tonfall brachte mich in Rage. Ich blitzte ihn wütend an, woraufhin er nur amüsiert lachte. Verbissen hangelte ich mich wieder in den Sattel.
Gemeinsam zockelten wir zurück. Michael grinste vergnügt vor sich hin. Ich beobachtete heimlich Dakota. Sie war eine ausgesprochen hübsche Stute, mit edlem Kopf, fein geschwungenem Hals und langen Beinen. Ihr Fell leuchtete kastanienrot im Schein der Abendsonne.
Sehr gepflegt wirkte sie auch.
Aber sie schien launisch und ungezogen zu sein und gewohnt, immer ihren eigenen Kopf durchzusetzen.
Als wir den Parcours erreichten, begrüßten meine Freunde mich mit lautem, fröhlichem Hallo.
»Na, gehst du den Graben noch mal an?« fragte Kristina mich mit einem Zwinkern.

»Klar doch!« stieß ich grimmig aus. Als ob mir von diesem Sturz das Herz in die Hose gerutscht wäre.
»Alles Unfug«, behauptete Herr Lenz. »Wäre besser, gleich aufzuhören. Das kann ja nichts werden.«
Dann musterte er Arlette und ihr Pferd mit bösen Blicken. »Störrisches Biest«, murrte er, »typisches Mädchenpferd. Kinder dürften überhaupt keine Pferde haben.«
Ich versuchte, mich wieder auf Diamant und die Springstunde zu konzentrieren. Wir begannen unseren Parcours noch einmal von vorn, und diesmal klappte alles einwandfrei. Ich war erleichtert und auch ein bißchen stolz. Immerhin hatten wir uns nach diesem unliebsamen Zwischenfall schnell wieder gefangen.
Als ich zu den anderen zurücktrabte, entdeckte ich Monika im Gespräch mit Herrn Rabenstein am Rand des Springplatzes. Sie hatten uns beobachtet, während Arlette ihre Stute zum Reiten fertigmachte, sie sattelte, auftrenste und ihr Gamaschen anlegte.
Herr Rabenstein deutete mit dem Kinn in unsere Richtung und redete eifrig auf Monika ein.
Wieder ergriff jenes mulmige, beklemmende Gefühl von mir Besitz, das ich schon einige Male verspürt hatte – auch vorhin, während des Springens, als ich Vater, Tochter und Pferd erkannt hatte.
»Allmählich spinnst du wirklich«, murmelte ich mir selbst zu und versuchte, mich durch einen kleinen Schwatz mit Kristina abzulenken.
Die restliche Springstunde verlief ohne größere Zwischenfälle. Moonbeam sorgte zwar für einigen Wirbel, als sie Clarissa abwarf und bockend über den Platz rannte. Ihre Raserei nahm Dakota, die auf dem Dressurviereck von Arlette gearbeitet wurde, zum Anlaß, ebenfalls im Galopp quer über

den Platz zu rasen und dabei wild den Kopf zu schütteln und den Schweif zu wirbeln. Größere Katastrophen aber ereigneten sich nicht. Am Ende der Stunde ritten wir unsere Pferde im Schritt am hingegebenen Zügel trocken, zogen dabei die Füße aus den Bügeln und unterhielten uns. Die Sonne war mittlerweile untergegangen, ein kühler Wind wehte, und Arlette war mit Pferd, Vater und Monika, die ihr eine Privatstunde gab, in die Halle verschwunden.
»Treffen wir uns noch in der Sattelkammer?« fragte Beate, als wir, einer nach dem anderen, auf den Hof ritten.
»Oder wollen wir die beiden in der Halle beobachten?« schlug Kristina vor.
»O ja, schauen wir mal!« Susanne nickte eifrig. Sie war sehr zufrieden mit Antares und wirkte jetzt locker und gelöst.
Ich sagte gar nichts. Einerseits wollte ich lieber gemütlich mit den anderen in der Sattelkammer hocken und erzählen, so wie sonst auch. Andererseits plagte mich die Neugier, mehr über Arlettes Erscheinen in unserem Verein zu erfahren. Ich war gerade damit fertig, Diamants Beine abzuspritzen, und wollte eben seine Hufe einfetten, als Herr Rabenstein neben mir auftauchte.
Er klopfte Diamants Kruppe und nickte mir zu.
»Er ist wirklich gut«, meinte er.
»Ja, das ist er«, bestätigte ich.
»Du warst aber auch nicht schlecht«, beeilte sich Herr Rabenstein, mir zu versichern.
»Na ja, am Anfang war's nicht gerade toll«, murmelte ich.
»Aber dann! Ihr seid ein gutes Team.«

»Diamant ist eben ein besonders gutes Pferd«, erklärte ich voller Überzeugung.
»Ja, das ist er wohl«, meinte Herr Rabenstein.
Ich sah von Diamants Hufen auf, in sein nachdenkliches Gesicht und wußte im selben Augenblick, daß es nicht gut war, Diamant zu sehr zu loben.
»Dakota macht uns leider Schwierigkeiten«, bemerkte Herr Rabenstein jetzt in gemütlichem Plauderton. »Sie ist sehr sensibel. Meine Tochter fürchtet sich manchmal vor ihr, weil sie ziemlich nervös und heftig werden kann.«
Ich schwieg. Was hätte ich auch sagen sollen?
»Wir haben schon überlegt, die Stute zu verkaufen«, fuhr Herr Rabenstein fort. »Arlette braucht ein anderes Pferd, eins, das zuverlässig ist, das ihr ein bißchen Zutrauen einflößt. Sie unterschätzt sich immer selbst.«
»Besser, als sich zu überschätzen«, versetzte ich und fragte mich zugleich, was ich mit dieser Bemerkung eigentlich erreichen wollte.
Jetzt war ich fertig mit Diamants Hufen, richtete mich auf und löste den Anbindestrick aus dem Ring.
»Entschuldigen Sie«, sagte ich steif und zog an Herrn Rabenstein vorbei.
Ich hatte nichts gegen ihn. Mir waren auch seine Tochter und sein Pferd nicht unsympathisch.
Aber ich wollte keinen Kontakt. Das ungute Gefühl ließ sich einfach nicht vertreiben.
Trotzdem gesellte ich mich, nachdem ich Diamant in seine Box gebracht und mich vergewissert hatte, daß es ihm an nichts fehlte, zu meinen Freunden auf die Tribüne. Kristina zog mich gleich neben sich.
»Das ist vielleicht ein zappeliges Pferd«, flüsterte sie mir aufgeregt zu. »Du mußt dir das mal anschauen. Die Stute

macht mit ihrer Reiterin, was sie will. Das Mädchen ist total eingeschüchtert.«
»Durchsetzen tut sich jedenfalls das Pferd«, kommentierte Sven grinsend.
»Das Mädchen müßte mal richtig energisch werden«, kritisierte Beate.
»Vielleicht hat sie wirklich Angst vor der Stute«, gab Margit zu bedenken.
Dakota machte einfach, was ihr paßte: angaloppieren, wenn sie traben sollte, im Trab davonrennen, seitlich ausweichen, zackeln, statt Schritt zu gehen, abrupt abbremsen, rückwärts laufen, statt zu halten. Dazu schlug sie frech aus, wenn Arlette zaghaft die Gerte benutzte.
Schließlich wurde Monika das Ganze zu bunt.
»Läßt du mich mal drauf?« bat sie.
Arlette wirkte erleichtert, tauschte aber zuerst einen Blick mit ihrem Vater aus, der zustimmend nickte. Eilig rutschte Arlette aus dem Sattel und hielt Monika die Zügel hin.
Monika klopfte der Stute den Hals und richtete sich dann die Bügel. Nachdem sie den Gurt noch einmal überprüft hatte, schwang sie sich in den Sattel. Dakota schoß bereits davon, noch bevor Monika richtig oben saß.
»Ungezogen«, fand Kristina.
Auch Monika schien dieser Ansicht zu sein. Sie parierte energisch durch. Dakota zappelte und tippelte auf der Stelle, schlug mit dem Kopf und ruckte heftig am Gebiß. Als Monika sie trotzdem nicht antreten ließ, fing sie an, mit einem Vorderbein den Boden aufzuwühlen. In ihren Augen blitzte es. Arlette beobachtete das Schauspiel zuerst von der Bande aus, trat dann unentschlossen von einem Fuß auf den anderen und gesellte sich schließlich zu uns. Sie wirkte aber sehr scheu und setzte sich ganz an den Rand unserer Bank.

»Du hast ein schönes Pferd«, wandte Margit sich aufmunternd an sie.
»Danke.« Arlette lächelte ihr hübsches, ziemlich schüchternes Lächeln.
»Wie heißt es?« erkundigte sich Beate.
»Dakota. Sie heißt Dakota.«
»Und wie alt ist sie?«
»Sie ist sieben.«
»Hast du sie schon lange?«
»Seit zwei Jahren und –«, Arlette mußte überlegen, »– und drei Monaten. Ich habe sie zum Geburtstag bekommen.«
Allmählich taute sie auf, und wir verwickelten sie in ein Gespräch. Ich sagte allerdings nur wenig.
»Hast du nicht das A-Springen gewonnen, beim Vergleichswettkampf vor eineinhalb Wochen?« wandte Arlette sich schließlich an mich.
Ich nickte. »Ja, und wir sind die E-Dressur zusammen geritten«, erinnerte ich sie.
»Ich weiß.« Sie errötete. »Ich habe dich behindert, weil Dakota so ungebärdig war. Es tut mir leid.«
Schulterzuckend antwortete ich: »Schon gut.«
Was sollte ich sagen? Die Sache war Vergangenheit.
»Aber dein Pferd ist wirklich fabelhaft«, meinte Arlette und warf mir einen halb bewundernden, halb ängstlichen Blick zu. Offenbar hatte sie Respekt vor mir, weil ich ein Springen gewonnen hatte.
Ich war überrascht. Normalerweise war ich diejenige, die alle möglichen anderen Reiter bewunderte. Jetzt saß da ein Mädchen, das meine reiterlichen Leistungen, die ich selbst gar nicht toll fand, für bewundernswert hielt.
»Ja, Diamant ist prima«, sagte ich wieder einmal, »aber er gehört leider nicht mir.«

»Ich weiß. Papa hat sich vorhin bei eurer Reitlehrerin nach ihm erkundigt.«
Arlette deutete auf Monika. Das nahmen alle zum Anlaß, sich wieder auf das Geschehen in der Bahn zu konzentrieren. Nur ich starrte auf Arlette, die ihre Stute beobachtete, und spürte, wie mir innerlich ganz kalt wurde und wie meine Hände zu zittern begannen. Mein Herz schlug laut und heftig. Ich konnte das Blut in meinen Ohren rauschen hören und dachte: Gleich passiert etwas Schreckliches, und ich werde in Ohnmacht fallen.
Niemand bemerkte, daß mit mir etwas nicht stimmte. Alle schauten nur auf das Pferd in der Bahn. Monika schien Dakota tüchtig ranzunehmen. Man sah nicht so genau, was sie machte, ihre Hilfen waren nicht überdeutlich, aber offenbar doch energisch, denn Dakota verwandelte sich von Minute zu Minute. Sie rundete den Hals, begann am Gebiß zu kauen und trat auch mehr unter als zuvor.
Hin und wieder wehrte sie sich plötzlich, riß den Kopf hoch, stellte sich quer oder scheute. Aber immer hatte Monika sie gleich wieder in der Hand.
Gegen Ende der Lektion tauchte auch Herr Reinhold auf, sah seiner Tochter eine Zeitlang zu und gab ihr einige ruhige Anweisungen.
»Na, spielt ihr Hühner auf der Stange?« Mit diesen Worten trat Michael zu uns. »Gibt's da irgendwas zu sehen, worüber sich das Gackern lohnt?« Er grinste frech. Wir zischten ihm empört einige deftige Antworten zu.
»Es reicht für heute, Monika«, meinte Herr Reinhold da. »Die Stute dampft ja gewaltig!«
Tatsächlich war Dakota klitschnaß von der ungewohnten Anstrengung. Wirkliche Arbeit und Konzentration schien sie schon lange nicht mehr zu kennen!

»Und? Was ging ab?« wollte Michael jetzt wissen.
»Du wirst enttäuscht sein«, versetzte Kristina spöttisch, »keine Leichen, kein Blutbad.«
Michael schnitt eine Grimasse. »Würde mich auch ärgern, wenn ich was verpaßt hätte.«
Er blieb selten eine Antwort schuldig.
»Hättest du sowieso«, behauptete Beate jetzt. »Du wärst doch vor Entsetzen sofort in Ohnmacht gefallen.«
Michael lachte hohl. »Hast du eine Ahnung, Kleine, was echte Männer vertragen!«
»Ist das so?« konterte Kristina. »Dann streng dich mal an, endlich einer zu werden!«
Michaels Antwort ging im allgemeinen Gelächter unter.
Während Arlette ihre Stute in Empfang nahm, standen Herr Rabenstein, Herr Reinhold und Monika beisammen und unterhielten sich. Zuerst laut, über Dakota und die Probleme, die sie machte, und die viele Arbeit, die man investieren mußte, um aus ihr ein halbwegs zivilisiertes Reitpferd zu machen. Dann dämpften sie ihre Stimmen und verließen zusammen die Halle, schlenderten die Stallgasse entlang. Ich starrte noch eine Weile dorthin, wo sie verschwunden waren.
Arlette ritt ihre dampfende Stute trocken, was reichlich uninteressant war. Also löste sich unsere Zuschauergruppe nach und nach auf. Kristina und ich waren die letzten, die gingen.
Wir verabschiedeten uns noch von unseren Pferden, und ich sagte auch Sirius, seiner Mutter Safira und seinem kleinen Bruder Sistino gute Nacht. Sirius, den temperamentvollen Jährling, mochte ich besonders gern. Er war ein richtiger Flegel, hatte dabei aber so viel Charme, daß man ihm seine Dreistigkeiten nicht übelnehmen konnte.
Der kleine Sistino war ein ganz anderer Typ, sanft und lieb, verschmust und eher vorsichtig als draufgängerisch. Safira,

die Mutter der beiden, war Herrn Reinholds Zuchtstute, eine Trakehnerin mit erstklassiger Abstammung.

»Kommst du jetzt?«

Kristina mußte mich mal wieder ans Heimgehen erinnern. Gemeinsam schlenderten wir durch die Dunkelheit die schmale Straße zu unserem Haus entlang.

Nummer zwei, in dem Feldmanns gewohnt hatten, stand noch immer leer.

In Nummer drei wohnte Clarissa mit ihrer Mutter, die wir für eine ziemlich schrille Schreckschraube hielten. Sie arbeitete an ihrer Gesangskarriere und bereitete sich gerade auf ihr erstes Konzert vor.

Auch jetzt sang sie aus Leibeskräften, mit all der Power, die ihre hohe, kreischende Stimme hergab.

Wahrscheinlich lag Papa wieder mit Migräne darnieder. Wenn seine Nachbarin Frau Simon sang, stellten sich bei ihm regelmäßig nervöse Zusammenbrüche, Wutanfälle oder Migräneattacken ein.

»Sie trainiert wieder«, stellte Kristina fest, »aber allein. Ossis Auto ist nicht da.«

Ich verzichtete darauf, ihre Wortwahl zu korrigieren. Daß ein Sänger nicht trainierte wie ein Sportler, sondern übte oder vielleicht etwas probte, schien ihr nicht einzuleuchten.

Ossi war Frau Simons Gesangspartner. Er hieß eigentlich Oswald Knopf, hatte sich den italienischen Künstlernamen Osvaldo Bottoni zugelegt und fuhr ein Vehikel, das in seinen besten Tagen einmal als hellblauer Käfer vom Band gerollt war. Jetzt war es kurzatmig, klemmte überall und hatte auch keine eindeutig erkennbare Farbe mehr.

Osvaldo war die klassische Karikatur eines Tenors: kurz, untersetzt, spitzbäuchig, eitel. Sein Auftreten war gespreizt, seine übertrieben großen Gesten wirkten lächerlich.

Aber irgendwie fanden wir ihn putzig. Vielleicht, weil er uns so unecht erschien, als wäre er einem Zeichentrickfilm entsprungen.

»Bald ist wieder Turnier«, sagte Kristina, als wir gerade unser Haus erreicht hatten. »Übernächstes Wochenende. Ich freue mich drauf. Du auch?«

Ich nickte nur bestätigend.

Es war mir zu anstrengend, Frau Simons dramatische Ausbrüche zu übertönen.

»Ich werde in der Dressur absahnen«, prophezeite Kristina mehr als optimistisch, »und du im Springen.«

Ich sah sie an und zog die Schultern hoch.

»Mal sehen«, meinte ich nur.

Welches Pferd paßt zu Arlette?

Irgendwie gelang es mir diesmal nicht, mich auf das bevorstehende Turnier zu freuen.

Das lag nicht daran, daß in der Schule der Unterricht bereits wieder auf Hochtouren lief, auch nicht daran, daß das Wetter sich über Nacht verschlechterte und Regen und Sturm übers Land brachte.

Es lag an mir selbst. Oder besser: an jenem seltsamen Gefühl, das sich in mir festgesetzt hatte. Einem Gefühl der Beklemmung, so, als ahnte ich drohendes Unheil.

Kristina fand mich komisch.

»Was ist nur mit dir los?« fragte sie mich, als wir bei strömendem Regen gemeinsam zum Stall stiefelten, mit eingezogenen Köpfen, aufgestellten Kragen und kalten Nasen.

»Es liegt am Wetter«, behauptete ich lustlos.

Das war natürlich gelogen.

»Glaube ich nicht«, versetzte Kristina auch prompt. »Zugegeben, das Wetter ist scheußlich. Kalt ist's auch geworden; ich glaube, der Sommer ist vorbei.«
So schien es mir auch.
»Aber warum redest du nicht mit mir und läßt den Kopf hängen und bist mit den Gedanken immer so weit weg?« bohrte Kristina weiter.
»Nur so«, behauptete ich schwach. »Ich bin einfach lustlos, es wird schon wieder.«
Nicht einmal das Reiten konnte mich aufheitern. Diamant war in prächtiger Verfassung. Sogar bei der Dressur, die ihn sonst eher langweilte, strengte er sich an, war aufmerksam, willig, fast ein wenig übereifrig.

Herr Reinhold ließ uns an diesem Abend nach dem Abreiten unsere Dressuraufgaben fürs nächste Turnier üben. Susanne, die nicht gemeldet war, versuchte sich trotzdem an den Aufgaben der Klassen E und A. Kristina und ich waren für je eine E- und eine A-Dressur gemeldet, und wir ritten unsere Aufgaben auch zusammen.
Flip machte ihre Sache ganz gut, war einigermaßen munter und geschmeidig. Auch mit Diamant konnte ich zufrieden sein. Allerdings unterliefen mir zwei, drei kleine Patzer, weil ich selbst unkonzentriert war.
Clarissa sollte ihre E-Dressur zusammen mit Herrn Weber reiten, der neben dem Reiterwettbewerb diesmal auch in der Dressur starten wollte.
»Dabei kann Kassim Dressur nicht leiden«, meinte Kristina. »Er wird überhaupt keine Chance haben.«
»Es macht ihm aber Spaß«, stellte Margit fest. »Und das ist doch die Hauptsache: die Freude am Reiten und am Umgang mit den Pferden.«

»Eben«, stimmte Sven zu. »Die Erfolge kommen erst an zweiter Stelle.«
Wir ritten im Schritt durcheinander, beobachteten die Pferde, die gerade ihre Aufgabe absolvierten, und mußten nebenbei darauf achten, ihnen nicht in die Quere zu kommen. Das Trabprogramm lief bei Clarissa und Herrn Weber noch einigermaßen gut, obwohl weder Moonbeam noch Kassim richtig an den Hilfen standen.
Dann kam der Galopp.
Kassim schleuderte schon beim Angaloppieren die Hinterhand in die Bahn und galoppierte dann mit den für ihn typischen kurzen, eiligen Galoppsprüngen auf zwei Hufschlägen dahin.
Moonbeam machte einen Bocksprung, riß Clarissa die Zügel aus der Hand und raste quer durch die Bahn davon.
»Weg da, ihr Blödmänner!« brüllte Clarissa, die in den Bügeln stand und an den Zügeln zerrte.
Wir flohen in alle Richtungen.
Moonbeam nahm sofort Ma Belle aufs Korn, und die nervöse Stute versuchte erschreckt auf der Hinterhand zu wenden und davonzulaufen.
»Bahn frei!« schrie Clarissa jetzt.
Diamant stürzte davon.
Luxor, der anscheinend nicht wußte, wie ihm geschah, als Moonbeam plötzlich direkt auf ihn zuraste, drehte sich aufgeregt wie ein Kreisel.
Doch Moonbeam schlug einen Haken, so daß sich auf einmal Tänzerin genau in ihrer Schußlinie befand.
»Was fällt dir ein, meine Frau anzugreifen?« rief Herr Lenz wütend und spazierte mitsamt Boxer einfach in die Bahn. Dort wurde er fast von Ma Belle niedergemäht, die sich kaum beruhigen konnte.

»Willst du mich umbringen, Mädchen?« fauchte Herr Lenz und fuchtelte drohend mit den Armen.
Das war zuviel für Ma Belle. Sie rannte ans andere Ende der Bahn und blieb dort zitternd in einer Ecke stehen. Frau Lenz war aus dem Sattel gesprungen, was ihr wohl sicherer erschien, und versuchte, ihre Stute zu beruhigen. Ihr Mann keifte mit Herrn Reinhold, der ihn zornig aufforderte, gefälligst die Reitbahn zu verlassen.
Es war das totale Chaos!
Clarissa, knallrot im Gesicht, riegelte heftig im Maul ihrer Stute herum und drohte bald rechts und bald links aus dem Sattel zu kippen.
Als sie Moonbeam endlich wieder unter Kontrolle hatte, befanden sich sämtliche Pferde und auch ihre Reiter in Aufruhr. Ich wunderte mich, daß Herr Reinhold bei diesem ganzen Theater keinen Herzinfarkt bekam.

»Alles könnte wunderbar sein, wenn Clarissa nicht wäre«, stellte Beate beim anschließenden Zusammenhocken in der Sattelkammer fest.
»Ja, sie bringt alles durcheinander«, stimmte Sven grimmig zu. Sogar Tibor hatte im Anschluß an die Aufregungen seine Dressuren, A und L, schlechter erledigt als sonst.
»Man müßte sie rauswerfen«, maulte Kristina. »Wieso duldet Herr Reinhold sie überhaupt bei den Reitstunden?«
»Herrn Lenz sollte man auch rauswerfen«, fand Susanne. »Er ist so bösartig, man könnte wirklich Angst vor ihm bekommen.«
Gerade betrat Monika mit einer großen Tüte Salzbrezelchen die Sattelkammer. Sie zwinkerte uns zu. »Na, habt ihr den Schrecken gut verdaut?«
»Welchen Schrecken?« fragten wir harmlos.

»Na, das Fiasko!« Monika lachte. »Es sah wirklich so aus, als hätte Clarissa sich vorgenommen, euch alle in Grund und Boden zu reiten.«
»Wobei sie einige ruhig niedermähen könnte«, meldete sich Michael zu Wort. Wir hatten gar nicht bemerkt, daß er im Türrahmen aufgetaucht war. Jetzt steuerte er auf einen großen Stapel Decken zu und schwang sich hinauf.
»Wen meinst du damit?« fragte Kristina lauernd. Aber Michael war ausnahmsweise nicht zum Streiten aufgelegt.
»Herrn Lenz samt Boxer«, antwortete er nämlich. »Mensch, ich habe wirklich gehofft, daß sie den plattmacht.«
Wir mußten lachen. Diesmal hatte Michael unsere volle Zustimmung.
»Nächsten Donnerstag reiten wir die Aufgaben noch mal durch«, verkündete Monika und ließ die Brezeltüte rundum gehen. »Vielleicht haben wir dann auch besseres Wetter und können auf zwei oder drei Plätzen reiten.«
»Drei?« wiederholte ihr Bruder Michael. »Wer soll denn die dritte Gruppe im Auge behalten?«
Monika schenkte ihm ein spöttisches Lächeln. »Wer wohl? Du natürlich!«
»Ich protestiere!« Michael wehrte mit Händen und Füßen gleichzeitig ab. »Mit eurer Dressur gebe ich mich nicht ab! Das ist mir viel zu langweilig.«
»Auch Springpferde müssen dressurmäßig gearbeitet werden«, erinnerte Margit mit ungewohnter Strenge.
Michael feixte. »Klar! Aber mit E-Dressur und solchem Kinderkram habe ich wirklich nichts am Hut. So was Ödes ... Da schlafen einem ja die Füße ein. Und wenn man dann noch solche Prachtexemplare wie Moonbeam oder Kassim vor sich hat ... Ich wunder' mich manchmal, daß den armen Richtern nicht der Hut hochgeht.«

»Du kannst vielleicht überheblich sein!« zischte Kristina aufgebracht.
Auch wir anderen reagierten sauer.
Wir wußten ja, daß Michael ein guter Reiter mit unzähligen Erfolgen war, der schon M-Springen gewonnen und einige gute Plazierungen eingeheimst hatte. Aber mußte er sich deshalb so großkotzig benehmen?
»Du hast auch mal klein angefangen!« fauchte Beate gereizt.
»Ja, aber dann bin ich schnell gewachsen«, blödelte Michael und genoß unsere zornigen Kommentare.
Annette, die es mit ihrem losen Mundwerk und ihrer leicht aggressiven Kämpfernatur ganz gut mit Michael aufnehmen konnte, fehlte leider noch immer in unserer Runde …

Die Tage vergingen wie im Flug. Und es regnete, regnete …
»Toll«, meinte Kristina, »wenn es so weitergeht, können sie aus dem Reitturnier einen Schwimmwettkampf machen.«
Unser Springplatz stand bereits unter Wasser. Wir mußten die Springstunde in die Halle verlegen.
»Draußen würden den Pferden ja Schwimmflossen wachsen«, bemerkte Susanne.
»Die können sie sowieso bald brauchen«, prophezeite ich. »Schaut euch mal die Koppeln an, die stehen auch schon unter Wasser.«
Gemeinsam bauten wir in der Halle den Parcours auf. Ich mochte die Springstunden in der Halle nicht so sehr. Unsere Gruppe war ziemlich groß, und man wußte nie, wo man sich aufhalten und in welche Ecke man sich drücken sollte, wenn man selbst nicht gerade mit Springen an der Reihe war.
Auch lagen Diamant und mir die engen Wendungen nicht so gut. Diamant liebte ein freies Tempo und hatte eine ziemlich große Galoppade. In der Halle mußte ich immer wieder ver-

suchen, ihn zu versammeln, zusammenzustellen, gut an den Hilfen zu behalten.

Manchmal nahmen wir die Wendungen zu schnell und trafen den Sprung an einer ungünstigen Stelle, ganz weit außen, in Ständernähe. Das konnte gefährlich werden. Oder Diamant rutschten in der Ecke die Beine weg, so daß er aus dem Tritt kam. Ich wußte, daß es meine Sache war, ihn zu regulieren und vernünftige Wendungen zu reiten. Aber es war eben manchmal verdammt schwer!

»Na, Julia, erleichtert?« fragte mich Michael, als wir zusammen eine Triplebarre aufbauten.

»Worüber?« fragte ich ahnungslos.

»Na ja – kein Trakehner Graben weit und breit.«

Ich schnaubte empört, aber Michael mußte natürlich noch eins draufsetzen.

»Der ist draußen schon randvoll mit Regenwasser. Wäre bestimmt toll, da mit Schwung reinzuklatschen ...«

Wieder einmal fand ich nicht die passende Erwiderung. Ich stand nur da, starrte Michael an und schnaufte entrüstet. Als er amüsiert lachte, ließ ich die Stange, die ich gerade auf den Armen hielt, fallen und drückte dazu noch ein bißchen nach. Ich traf genau: Michaels Füße, die statt in Reitstiefeln nur in normalen Gummistiefeln steckten, fingen die Stange ab.

»Au! Verdammt!« schrie er, warf mir einen wütenden Blick zu und humpelte davon. Alle lachten.

»Lahmheit der kompletten Hinterhand«, frotzelte Kristina. »Na ja, da fällt's auch nicht so auf ...«

Weder Monika noch Michael wollten heute mitspringen, um die Gruppe nicht unnötig zu vergrößern.

Denn heute kam wieder Besuch von auswärts: Als wir unsere Pferde in die Halle führten, ritt dort bereits Arlette auf ihrer Dakota um die bunten Hindernisse.

Sie lächelte uns schüchtern zu. Wir grüßten freundlich, aber ich blieb zurückhaltend.
Wieso eigentlich? fragte ich mich selbst.
Sie hat eine Privatstunde genommen und macht jetzt auch beim Springen mit.
Was ist schon dabei?
Ich versuchte, mich voll und ganz auf Diamant und aufs Reiten zu konzentrieren.
Auch diese Stunde verlief turbulent. Das lag zum einen an Moonbeam, die seit der vergangenen Dressurstunde noch verrückter war als sonst.
Zum anderen trug Dakota dazu bei, die öfter an den Hindernissen vorbeiraste, als sie zu überspringen.
»Du darfst sie nicht vorbeilassen«, mahnte Herr Reinhold eindringlich immer wieder. »Wenn sie mal davor verweigert, gut. Das kriegen wir hin. Aber dieses Vorbeirennen ist ein ganz übler Ungehorsam.«
Arlette fing an zu weinen.
»Ich kann nichts dazu«, sagte sie mit piepsiger Stimme, die gar nicht zu ihrer kräftigen, robust wirkenden Gestalt passen wollte. »Sie macht einfach, was sie will.«
Das konnten wir alle sehen!
»Soll Monika die Stute vielleicht mal springen?« schlug Herr Reinhold vor.
Michael war mal wieder verschwunden. Er machte es sich gern gemütlich. Zuviel Arbeit konnte ihm schnell die Laune verderben.
»Ich weiß nicht …« Arlette senkte kläglich den Kopf. Vielleicht schämte sie sich ihrer Tränen, oder es war ihr peinlich, als unfähig dazustehen.
Ich selbst hätte es jedenfalls peinlich gefunden, wenn mein eigenes Pferd mich nach Strich und Faden veräppelt hätte!

»Komm nur, laß sie reiten«, forderte Herr Rabenstein seine Tochter auf, als Monika nach Dakotas Zügel griff.
Arlette saß immer noch regungslos im Sattel und kämpfte mit den Tränen.
Endlich bequemte sie sich abzusteigen. Sie hatte einen roten Kopf und wagte es nicht, einen von uns anzusehen. Ich konnte sie gut verstehen. Nach einem solchen Auftritt wäre ich am liebsten in einem Mauseloch verschwunden.
Ich sah, wie Herr Rabenstein leise auf seine Tochter einredete. Die reagierte zuerst gar nicht, schüttelte dann trotzig den Kopf und nickte irgendwann.
Währenddessen bemühte Monika sich zum zweitenmal, Dakota eine Lektion in gutem Benehmen zu erteilen.
Sie stellte die Stute zuerst an die Hilfen, versuchte, sie »kurz« zu machen und sich ihre Aufmerksamkeit zu sichern. Erst als Dakota sicher am Zügel stand und auch Monikas Hilfen annahm, ritt Monika sie aufs erste Hindernis zu, das kleinste von allen.
Dakota sprang federleicht. Sie konnte ja springen, wenn sie nur wollte!
Auch den zweiten und dritten Sprung nahm sie ohne Theater, warf dann aber plötzlich den Kopf hoch und raste wie eine Wilde am vierten Sprung vorbei.

Monika parierte sie so energisch durch, daß Dakota sich fast auf die Hinterhand setzte. »Das ist ja schrecklich«, hörte ich Arlette flüstern. Sie wandte den Kopf ab.
Ich zog die Brauen hoch. Schrecklich war vielleicht Dakotas Benehmen, aber ganz sicher nicht Monikas Reitweise. Auch Monika liebte es, mit feinen Hilfen und möglichst wenig Kraft

auszukommen. Aber Pferde wie Dakota, die versuchten, sich der Kontrolle ihres Reiters einfach zu entziehen, konnten gefährlich werden. Wirklich gefährlich!
Wie stark ist doch ein Pferd, und wie klein und schwach im Vergleich dazu ein Mensch …
Allmählich stellte sich ein gewisser Erfolg ein. Dakota verweigerte zwar noch einige Male, schaffte es aber nur noch einmal, am Hindernis vorbeizugaloppieren.
»Langsam reicht's mir«, brummte Kristina böse. Sie stand mit Cherry Flip an meiner Seite und sah dem Schauspiel mit grimmiger Miene zu. »Das soll schließlich unsere Springstunde sein, oder? Die letzte Übungsstunde vor dem Turnier. Und jetzt kommen Fremde daher und drängeln sich in den Mittelpunkt …«
»Arlette braucht wirklich Hilfe«, stellte ich fest.
»Du verteidigst sie wohl noch? Ist es dir egal, ob wir vernünftig trainieren können oder nicht?«
»Natürlich nicht! Ich meine nur …«
»Schau sie dir doch an«, zischte Kristina aufgebracht. »Steht da und heult! Die wird nie mit ihrer Stute fertig, nie!«
Das befürchtete ich allerdings auch. Arlette brauchte wirklich ein anderes Pferd, eines, auf das sie sich verlassen konnte, das ihr Zutrauen einflößte …
»Am besten ein Schaukelpferd«, meinte Kristina, als hätte sie meine Gedanken erraten. »Ein Schaukelpferd wäre das richtige für sie.«
Ich fand sie ein bißchen herzlos, aber Arlettes mimosenhaftes Benehmen ging mir auch auf die Nerven.
»Komm, versuch es noch einmal«, forderte Monika jetzt Arlette auf.
Doch die schüttelte abwehrend den Kopf. »O nein, ich will nicht mehr!«

Wir tauschten mehrere Blicke aus. Herr Reinhold räusperte sich, überließ aber die weiteren Worte seiner Tochter, die für ihre freundliche Art und ihr Einfühlungsvermögen allgemein bekannt war.
Während Monika sanft und ruhig auf Arlette einsprach, mischte Herr Lenz sich wieder ein. Ein Wunder, daß er sich so lange einigermaßen ruhig verhalten und nur ein bißchen gemeckert hatte.
»So ein Blödsinn!« rief er jetzt. »Das Kind kann überhaupt nicht reiten. Kinder können sowieso nicht mit Pferden umgehen, das bringt doch nichts!«
Er erntete nur entnervte und aufgebrachte Blicke.
»Ich verlange, daß man sich auch um die anderen Reiter kümmert!« verkündete er jetzt laut und spreizte sich in seiner Wichtigkeit. »Vor allem um meine Frau! Meine Frau wird viel zuwenig beachtet, ich werde das nicht länger dulden.«
»Ach, verdrück dich«, zischte Kristina.
Doch diesmal, fanden wir, hatte Herr Lenz nicht ganz unrecht. Wir anderen waren noch kaum zum Zug gekommen; alles drehte sich nur um Arlette und ihr Pferd. Jetzt ging Herr Rabenstein auf Herrn Reinhold zu und wechselte leise einige Worte mit ihm.
Herr Reinhold legte die Stirn in Falten und wiegte den Kopf hin und her.
Herr Rabenstein hob die Stimme. »Es könnte ein gutes Geschäft werden«, hörte ich ihn sagen, »wenn jetzt alles klappt. Ich bin fest entschlossen, Dakota zu verkaufen – es geht dann also nur noch darum, ein passendes Pferd für meine Tochter zu finden.«
»Ich habe im Augenblick nur junge Pferde zu verkaufen, da kommt keines in Frage«, antwortete Herr Reinhold mit fester Stimme.

»Sie wissen doch ...«, sagte Herr Rabenstein, und dann sprach er leise weiter.
»Reitet ein wenig durcheinander«, wies uns Monika an, »es geht gleich weiter.«
Wir setzten uns in Bewegung, und ich ließ Diamant antraben. Wieder fühlte ich mich seltsam flau und kraftlos.
»Julia, komm doch bitte mal her!« rief Herr Reinhold da. Ruckartig parierte ich durch.
Warum? Warum? dachte ich, und dann war mein Kopf ganz leer. Ich ritt auf die kleine Gruppe zu: Herrn Reinhold, Herrn Rabenstein und Arlette.
Vor den dreien blieb Diamant stehen. Arlette streichelte seine Stirn und seine Nase und sah die beiden Männer neben sich aufmerksam an.
»Darf ich?«
Herr Reinhold nickte. »Julia, würdest du Arlette Diamant für einige Sprünge überlassen?«
Ich schaffte es nicht, zu nicken. Ich war so erfüllt von Widerwillen und Widerspruch, daß ich mich überhaupt nicht rühren konnte. Am liebsten wäre ich davongeritten, raus aus der Halle, durch Wind und Regen, einfach nur weg, so weit weg wie nur möglich.
Ich wollte nicht absteigen. Ich wollte nicht, daß Arlette Diamant ritt. Ich wollte ihr Diamant nicht überlassen, ihr nicht und keinem anderen.
Aber ihr am allerwenigsten.
»Julia!« Herr Reinhold sah mich an, nicht streng, aber doch energisch.
Irgendwie schaffte ich es, die Füße aus den Bügeln zu ziehen und aus dem Sattel zu gleiten. Plump, steif und schwerfällig landete ich auf dem Boden, neben Diamant, der freundlich seinen Kopf nach mir wandte.

Mechanisch trat ich einen Schritt zurück. Ich fühlte mich ganz kalt, wie leblos.
Ich beobachtete, wie Arlette sich in den Sattel schwang und mit Hilfe ihres Vaters die Bügel richtete.
Ich will das nicht! dachte ich wild. Ich will nicht ... Langsam trat ich weiter zurück, Schritt für Schritt, und wäre dabei fast Frau Lenz' Stute Tänzerin in den Weg gelaufen.
»Hast du keine Augen im Kopf?« fuhr Herr Lenz mich an.
Ich drehte mich um und rannte an ihm vorbei aus der Bahn. Ich wollte nicht sehen, wie Arlette mit Diamant sprang – mit meinem Diamant.
Ja, irgendwie und ganz zu unrecht betrachtete ich Diamant als mein Pferd. Wir verstanden uns so gut, und ich liebte ihn, als würde er wirklich mir gehören.
»Ist was los?« fragte Justus, als ich gegen ihn prallte, irgendwo auf der Stallgasse, weit weg vom Geschehen in der Halle.
»Arlette springt Diamant«, stammelte ich und war ganz durcheinander.
Justus brummte: »Wer?«
»Das Mädchen mit der ungezogenen braunen Stute – die kräftige Rothaarige ...«
Justus kratzte nachdenklich sein stoppeliges Kinn. In einer Hand hielt er einen Besen, auf den er sich jetzt stützte.
»Diamant ist eben ein Schulpferd«, bemerkte er schließlich. »Da reitet jeder drauf rum.«
Jeder! dachte ich bitter. Ja, jeder!
Wieder brannte der Wunsch nach einem eigenen Pferd in mir, einem Pferd, das nur ich reiten würde, über das ich allein bestimmen konnte, das niemand mir wegnehmen durfte. Am liebsten wäre ich nach Hause gerannt und hätte meine Eltern gebeten, mir Diamant zu kaufen, sofort, noch gleich an diesem Abend.

»Glaubst du, daß Herr Reinhold Diamant verkaufen würde?« fragte ich Justus aus meinen Gedanken heraus.
Justus stellte den Besen beiseite, atmete tief durch und schien sich seine Antwort sehr genau zu überlegen.
»Alles hat seinen Preis«, erwiderte er endlich, »und wenn der Preis stimmt, ist alles zu verkaufen.«
Ich kaute auf meiner Unterlippe. Wir hatten wirklich Geld genug, um ein eigenes Pferd finanzieren zu können – glaubte ich. Sogar Kristina hatte ein Pferd – und ihr Vater verdiente bestimmt nicht mehr als meiner.
»Arlette soll ein anderes Pferd bekommen«, fiel es mir ein. »Daß sie Dakota einfach so hergeben kann!«
Justus antwortete nichts darauf.
Ich überlegte. »Aber verstehen kann ich's schon. Sie wird nicht fertig mit ihr. Ich glaube fast, sie hat Angst vor der Stute. Wie sie wohl mit Diamant klarkommt? Diamant ist schließlich auch kein Schaukelpferd!«
Ich mußte an Kristinas Worte denken und fügte heftig hinzu: »Er paßt gar nicht zu Arlette! Zu ihr paßt nur ein ganz braves, unkompliziertes Pferd. Ich möchte wirklich wissen, weshalb Herr Reinhold sie ausgerechnet auf Diamant gesetzt hat!«
Justus rieb sich wieder das Kinn, sagte aber nichts mehr.
Einer Regung folgend, stürmte ich in die Reithalle zurück. Dort kam ich gerade zurecht, um zu sehen, wie Arlette mit einiger Mühe Diamant durchparierte und atemlos sagte: »Oh, er ist großartig! Aber viel ungestümer, als ich dachte.«
»Möchtest du es lieber auf einem anderen Pferd versuchen?« fragte Herr Reinhold sie.
»O nein«, wehrte Arlette beinahe erschrocken ab, »sie wirken alle nicht so – so zuverlässig.«
Ihre Blicke glitten über die unruhige, schreckhafte Ma Belle, den temperamentvollen, aufgekratzten Antares, den faulen

Luxor, der freiwillig keinen Schritt vorwärts ging, und den Schimmel Kassim, der zwar willig und schwungvoll sprang, sich aber mehr seitwärts als geradeaus bewegte und ständig mit dem Kopf schlug.
»Höchstens ...«, sagte sie dann und brach ab.
»Ja?« fragte Herr Reinhold.
»Die braune Stute da macht einen guten Eindruck«, fand Arlette und streckte den Arm nach Tosca aus.
Herr Reinhold lächelte. »Das ist ein Privatpferd. Tosca kommt nicht in Frage.«
»Dann Diamant!« rief Arlette und umarmte den braunen Pferdehals.
»Kann's jetzt mal weitergehen?« knurrte Kristina unwillig und so laut, daß sogar Herr Reinhold es verstehen konnte. Er warf ihr einen scharfen Blick zu, wandte sich aber dann nicht an sie, sondern an Herrn Rabenstein.
»Wir müssen jetzt wirklich die Stunde fortsetzen. Entschuldigen Sie bitte ...«
»Können wir später noch reden?« fragte Herr Rabenstein.
Herr Reinhold winkte erst Monika zu, dann rief er mich heran. »Julia, es geht weiter. Monika, setzt du den Unterricht fort? – Wir sprechen miteinander«, sagte er dann zu Herrn Rabenstein.
Arlette sprang aus dem Sattel, streichelte Diamant noch einmal und lief dann den beiden Männern nach, ohne sich mit einem Blick nach ihrer Stute umzusehen.

Schock am Nachmittag

Es dauerte eine Weile, bis ich mich soweit gefangen hatte, daß ich wieder aufsitzen konnte. Monika ließ mir Zeit, drängte mich nicht zur Eile.
»Wir machen jetzt mit dem Training weiter«, bestimmte sie, immer noch im Sattel von Dakota sitzend.
Ich wunderte mich über Arlette, die einfach davongelaufen war, ohne sich um ihr Pferd zu kümmern. Doch bald kam ich auf andere Gedanken. Ich mußte mich einfach aufs Reiten, aufs Springen konzentrieren. Schließlich wollte ich meine Sache gut machen. Und außerdem stand das nächste Turnier vor der Tür! Ich war für zwei E-Springen, ein A-Springen, eine E- und eine A-Dressur gemeldet, würde also volles Programm haben. Am meisten Angst hatte ich vor der A-Dressur. Ich fühlte mich schon in der Klasse E nicht besonders wohl und sicher, wenn es ums Dressurreiten ging!
Als wir, viel später als sonst, die Stunde beendeten und gewissenhaft unsere Pferde versorgten, war von den beiden Rabensteins nichts mehr zu sehen. Der Hänger stand noch draußen, und Michael hatte Dakota verladen und mit Heu versorgt. Jetzt stand er bei uns auf der Stallgasse.
»Was ist das nur für ein komisches Mädchen?« maulte er. »Kümmert sich nicht mal um sein Pferd!«
»Du hast's gerade nötig«, bemerkte Kristina spitz. »Wen läßt du denn am liebsten deine Arbeit tun? Uns!«
Und Beate stichelte: »Ich dachte immer, dir würden Rothaarige gefallen?«
»Wenn sie das passende Alter und die richtige Figur haben, schon«, konterte Michael.
»Außerdem befindest du dich ja in festen Händen, nicht wahr?« erinnerte Margit.

Sie spielte damit auf Romy an, die nun schon seit einigen Monaten Michaels feste Freundin war.
»Oooch, so was ließe sich ändern«, meinte Michael harmlos und zog sich mit dieser Bemerkung wieder unseren Groll zu.
Die Springstunde hatte länger gedauert als sonst. Wir beschlossen, unsere gemütliche Plauderrunde in der Sattelkammer ausfallen zu lassen. Margit hatte noch für eine Arbeit zu lernen, Beate hatte Kopfschmerzen – »von der blöden Reitkappe, die ist zu eng«, wie sie behauptete –, und ich hatte ohnehin zu überhaupt nichts Lust.
»Also gehen wir eben«, sagte Kristina schulterzuckend. »Bist du fertig, Julia?«
Ich redete noch mit Diamant, streichelte ihn, kraulte ihn am Kinn und zwischen den Ohren und stopfte ihm ab und zu ein Leckerli zwischen die Zähne. Es fiel mir heute besonders schwer, mich loszureißen.

»Wartet, ich will mit!« rief Clarissa, als wir uns eben anschickten, den Stall zu verlassen. Sie kam hechelnd und trampelnd angerannt.
Wir wußten, daß sie sich allein im Dunkeln gruselte.
»Also, ich fand die Stunde heute richtig doof«, erklärte sie, als wir uns zu dritt auf dem Heimweg befanden. Der Regen strömte in trister Eintönigkeit vom Himmel. Weder der Mond noch irgendein Stern waren zu sehen. Wind rauschte in den Bäumen. Ich fand die Stimmung bedrückend.
»Diese Arlette finde ich auch doof«, fuhr Clarissa fort und platschte rücksichtslos durch alle Pfützen, so daß das Wasser hoch aufspritzte. »Die wird ja nicht mal mit ihrem eigenen Pferd fertig.«

»Na, da soll's noch andere geben«, versetzte Kristina. Natürlich verstand Clarissa die Anspielung nicht.
»Kommt ihr auch zum Konzert?« wechselte sie statt dessen das Thema.
»Welches Konzert?« stellte Kristina sich dumm.
Clarissa schnaufte drohend. »Das von meiner Mutter«, erinnerte sie aggressiv.
Kristina räusperte sich. »Mal sehen«, murmelte sie und rempelte mich an: »Sag doch auch mal was!«
»Wann findet es statt?« fragte ich gleichgültig.
»Ende Oktober«, verkündete Clarissa. »Vielleicht auch Anfang November.«
»Womöglich fällt's ja ins Wasser«, hoffte Kristina.
Wir hatten gerade Feldmanns Haus passiert. Alle Rolläden waren heruntergelassen. Wie trostlos es dalag, dunkel und unbewohnt. Richtig einsam.
Ich hatte heute abend nur noch trübselige Gedanken. Woran das lag, wußte ich nicht.
Jetzt verabschiedete sich Clarissa von uns. Nicht, daß sie tschüs sagte oder uns eine gute Nacht wünschte. Sie meinte nur: »Wetten, ich bin beim Turnier wieder die Beste!« Und zog selbstbewußt von dannen.
»Blöde Ziege«, fand Kristina. »Wann war sie denn jemals die Beste?«
Wir gingen weiter. Kristina wandte den Kopf und sah in der Dunkelheit zu mir hin. Vor unserem Haus brannte eine Lampe, warf einen hellen, freundlichen Lichtkegel in die Nacht. Man konnte in ihrem Schein die aufgeweichten Blumenbeete erkennen, den großen Birnbaum rechts vorm Haus, in dem der Papagei Herkules so gerne saß und sich summend und singend hin und her wiegte, und auch die Treppe, die zur Haustür führte.

Alles war heimelig und vertraut.
Ich betrachtete Kristinas regennasse Gestalt, ihre hellblonden Haare, die ihr naß und strähnig ins Gesicht hingen, und ihre fröhlichen blauen Augen.
»Warum bist du nur so traurig?« überlegte sie und blieb kurz auf der Treppe stehen.
»Irgendwas wird passieren«, murmelte ich und wußte selbst nicht so genau, was ich damit meinte.
»Ach wo«, widersprach Kristina und lächelte mich freundlich an. »Das ist alles Einbildung. Es ist nur das Wetter, das einen so runterdrückt. Schau dich nur um: tiefste, dunkelste Nacht, nichts als Regen und Wind. Der Birnbaum sieht aus wie ein riesiges Gespenst mit tausend Armen, das sich windet und ächzt ... Kaum zu glauben, daß wir jemals einen Sommer hatten!«
Ich nickte. Diesen Gedanken zu folgen fiel mir leicht. Aber heitere Gedanken zu finden, das vermochte ich nicht.
Ich schlief sehr unruhig in dieser Nacht. Vielleicht war das Wetter daran schuld.
Vielleicht hatte ich auch eine Vorahnung ...

Als wir am nächsten Tag aus der Schule kamen, war schon wieder ein Brief von Stefan eingetroffen, diesmal an Kristina adressiert.
»Willst du ihn lesen?« bot sie an, als sie mit dem Brief in mein Zimmer kam.
Mit hochgezogenen Beinen machte sie es sich in meinem knallgelben Plüschsessel gemütlich.
»Nein, es ist ja deiner. Erzähl mir einfach, was Stefan so schreibt.«
Kristina kuschelte sich zurecht und überflog den Brief noch einmal. »In erster Linie vom Reiten«, berichtete sie dann.

»Er hat noch mal diese Schimmelstute geritten – Robinie. Komischer Name. Klingt wie ein Edelstein.«
Sie dachte wohl an Rubin.
»Ist aber ein Baum«, behauptete ich. »Ich glaube, den nennt man auch Scheinakazie.«
»Woher weißt du so was?« staunte Kristina.
»Aus der Schule. Biologie. Wir haben da mal ein halbes Jahr lang nur Botanik gemacht. Ich war aber nicht besonders gut.«
»Besser als ich bestimmt!« meinte Kristina lachend. »Jedenfalls hat er dieses Schimmelbäumchen in einer Springstunde geritten. Es klappte gut. Und dann hat er dem Pferd eines Mädchens eine Lektion erteilt … Warte, das Mädchen heißt Sabine, und das Pferd heißt … Moment, da steht's, das heißt Wallenstein. Ist das ein Berg? Es klingt fast so.«
Kein Wunder, daß Kristinas Versetzung jedes Jahr gefährdet war! Ihre Allgemeinbildung war wirklich nicht die beste …
»Das ist ein General, der durch den Dreißigjährigen Krieg und durch ein Drama von Schiller galoppiert ist«, klärte ich sie vorsichtig auf.
»Mensch, haben die Pferde in Bayern komische Namen«, beschwerte Kristina sich.
»Die Pferde auf dem Drachenhof auch«, fand ich, »wenn man schon von komisch spricht.«
»Stimmt, Cherry Flip ist auch merkwürdig – oder Antares oder Perseus.«
»Antares ist, glaube ich, ein Stern. Und Perseus ein Held aus der griechischen Mythologie.«
Kristina ließ den Brief sinken und starrte mich an. »Woher weißt du das alles nur?«
Ich zuckte mit den Schultern. Papa hielt gern Vorträge über alles mögliche, da schnappte man eben dies und jenes auf.
»Erzähl weiter«, bat ich Kristina.

»Ja«, sie riß sich zusammen, »er mußte also diesen Wallenstein reiten und zur Räson bringen, nachdem der Sabine zweimal abgeworfen hatte. Sabine war sehr beeindruckt und fragte Stefan, ob er ihr ab und zu mal helfen würde.«
Kristina brach ab. »Er schreibt nicht, wie alt Sabine ist.«
»Was spielt das für eine Rolle?« wollte ich wissen.
»Na ja!« empörte Kristina sich. »Nicht daß er sich am Ende in sie verguckt – oder so.«
Ich mußte lächeln. »Was wäre daran so schlimm? Willst du ihn für Clarissa warmhalten?«
»Blödsinn! Ich dachte nur ...«
Und ich versuchte, gar nicht zu denken. Ich fühlte mich traurig und unruhig zugleich. Draußen rüttelte der Wind in den Bäumen. Er versuchte, Büsche und Sträucher zu zerfetzen, und zwang die Blumen, sich unter seiner Gewalt und seiner Wut zu neigen.
Der Himmel war bleigrau und hing so niedrig über dem Land, als wollte er es gnadenlos erdrücken.
Hier draußen, mitten in der Natur, konnte es einem wirklich vorkommen, als wäre das Ende der Welt nahe.
»Weiter! Was schreibt er noch?« fragte ich, um Kristina und auch mich selbst abzulenken.
»Nicht mehr viel. Die mistige Schule fängt auch in Bayern bald wieder an. Morgen, glaube ich.«
»Und was schreibt er sonst noch über die Pferde und über das Reiten?«
»Nicht viel. Nur von Robinie und Wallenstein.«
»Hat er nette Leute kennengelernt?«
»Keine Ahnung. Er erwähnt nur Sabine.«
Ich biß mir auf die Unterlippe. Sicher war Stefan noch immer ziemlich einsam. Es war manchmal gar nicht so leicht, Anschluß und neue Freunde zu gewinnen.

Aber zum Glück gab's ja noch die Pferde …
Als hätte Kristina meine Gedanken erraten, fragte sie: »Du, wollen wir zum Stall gehen? Vielleicht kommst du dort auf andere Gedanken.«
Was denn für Gedanken? überlegte ich rebellisch. Mit meinen Gedanken ist alles in Ordnung.
Aber natürlich stimmte das nicht. »Also gut, gehen wir«, willigte ich ein. Kristina verschwand in ihrem Zimmer, um sich umzuziehen. Auch ich zog meine Reithose an, obwohl ich ja nicht reiten wollte, und meine Reitstiefel. Das waren die einzigen Gummistiefel, die ich besaß, und Gummistiefel waren bei diesem Wetter unumgänglich. Praktisch, dachte ich, als ich in die Stiefel fuhr, aber Lederstiefel wären auch toll … Ob ich wohl jemals Reitstiefel aus Leder bekomme?

Ich hatte bereits Andeutungen gemacht. Mama hatte versprochen, Papa in meinem Sinne zu beeinflussen, um bei ihm die nötigen Scheinchen locker zu machen.
Nachdem ich noch einen warmen Pulli und meinen Parka mit Kapuze angezogen hatte, konnte es losgehen. Die Hunde waren griesgrämig, weil ich sie nicht mitnehmen wollte. Durch das schlechte Wetter waren auch sie viel mehr ans Haus gefesselt als sonst.
»Du wirst dir eine Lungenentzündung holen«, prophezeite Papa, als ich mich verabschiedete. Mama war in der Küche mit dem Einmachen von Obst beschäftigt, und Papa konnte natürlich das Naschen nicht lassen. »Die Gesundheit ruinieren, um ein Pferd zu streicheln! Ha!« rief er und drohte mit seinem orangegelb verschmierten Zeigefinger.

»Kleckere nicht«, mahnte Mama.
Hastig steckte Papa den Finger in den Mund, um ihn abzulecken.
Durch den strömenden Regen liefen wir dem Drachenhof zu, halb gehend, halb rennend. Als wir endlich dort ankamen und das große Stalltor aufatmend hinter uns schlossen, waren wir total durchnäßt.
Kristina eilte zu Flip, mich zog es in die Halle, wo ich Diamant zu sehen erwartete. Die erste Schulstunde hatte mittlerweile begonnen.
Ich überflog die Reihe der teilnehmenden Pferde mit hastigem Blick. Diamant fehlte. Statt dessen nahm Saskia am Unterricht teil. Eine Sekunde stand ich wie erstarrt.
Dann drehte ich mich um.
Diamant! dachte ich und fühlte das wilde Pochen meines Herzens. Hoffentlich ist nichts passiert.
Aber nein, da stand er ja, in seiner Box, und schaute interessiert auf die Stallgasse.
Ich hatte ihn nur nicht gesehen, weil ich, ohne rechts und links zu blicken, direkt zur Halle gelaufen war.
»Diamant!« rief ich leise. Er brummelte freundlich und wirkte ganz munter. Krank schien er nicht zu sein.
Vielleicht lahmte er?
Ich sah mich suchend um. Ob Justus in der Nähe war? Er hielt sich doch praktisch den ganzen Tag über bei seinen Pferden auf.
Ich rief seinen Namen, lief erst zur Sattelkammer, dann weiter in die Futterkammer.
Von Justus keine Spur. Statt dessen prallte ich, als ich um die Ecke bog und erneut Diamants Box ansteuerte, auf Monika, die gerade einen Sattel, den sie gereinigt und eingefettet hatte, wieder an seinen Platz bringen wollte.

Sie schrak zusammen, als wir uns anrempelten, und wurde dann sichtlich blaß.
»Oh, Julia«, sagte sie leise und räusperte sich.
»Was ist?« fragte ich und wunderte mich über ihre Reaktion.
Monika wich meinem Blick aus und suchte offenbar nach Worten.
»Ist etwas mit Diamant passiert?« fragte ich drängend. Irgend etwas mußte doch geschehen sein!
Monika hob den Blick und sah mich an. Ihre Augen hatten einen traurigen Ausdruck.
»Wenn du nicht gekommen wärst, hätte ich dich angerufen«, erklärte sie nun. »Es – es geht um Diamant. Ich weiß nicht, wie ich's dir sagen soll ...«
»Was ist denn nur?« Meine Stimme klang schrill.
Wieder spürte ich dieses rasende Herzklopfen, und meine Knie wurden weich.
»Oh, Julia«, brach es da aus Monika heraus, »es tut mir so leid! Du mußt dich von Diamant verabschieden. Er wird bald abgeholt. Papa hat ihn gestern abend verkauft.«

Leb wohl, Diamant!

Nach Monikas Mitteilung stand ich eine ganze Weile lang wie betäubt da.
»Was?« fragte ich endlich.
»Er ist verkauft«, wiederholte sie leise. »Es tut mir leid.«
Ich starrte sie an, aus großen Augen, ungläubig, regungslos, zu keinem Gedanken fähig. Ich hatte ihre Worte gehört und auch deren Sinn verstanden, weigerte mich aber, zu glauben, was sie mir sagte.
»Nein«, gelang es mir endlich zu stammeln, »nein ...«

Langsam schüttelte ich den Kopf, automatisch, wie eine Marionette, bei der irgend jemand, von dem ich selbst nichts wußte, die Fäden zog.
»Nein«, sagte ich noch einmal.
»Doch, Julia, leider.« Monika biß sich auf die Lippen. Sie war verlegen und wagte kaum, mich anzusehen.
Allmählich strömten meine Gedanken zurück.
Das kann nicht sein, dachte ich, es darf nicht sein. Es ist nur ein Irrtum. Oder ein Traum, ein schrecklicher Alptraum. Bestimmt wird gleich mein Wecker klingeln, und ich muß aufstehen und zur Schule ...
Ich wollte nicht glauben, was ich gehört hatte. Aber Monikas Worte hatten sich in meinem Kopf festgesetzt, und ich hörte sie wieder und wieder – immer wieder, unablässig, gnadenlos. Es dröhnte in meinen Ohren. Mir wurde schwindelig, schwarz vor Augen, meine Knie drohten nachzugeben.
»Bist du in Ordnung?« wollte Monika wissen.
In Ordnung! Wie konnte ich in Ordnung sein, nach dieser Nachricht?
Plötzlich hörte ich ein hysterisches Lachen, das schrill in meinen Ohren klang. Als ich entsetzt feststellen mußte, daß ich es war, die lachte, ging dieses Lachen in ein Schluchzen über. Dann, auf einmal, war ich still.
Seltsam unbeteiligt dachte ich: Ich benehme mich hysterisch. Ich muß ruhig sein. Was soll man nur von mir denken?
Aber wer war »man«? Monika vielleicht? Ich bemerkte nicht einmal, ob sich sonst noch jemand in meiner Nähe befand. Ich nahm auch Monika nicht mehr zur Kenntnis.
Ich fühlte mich wie in Watte gehüllt, wie in einer anderen Welt. Ich konnte nicht sprechen, nicht denken, und meine Beine bewegten sich wie von allein, trugen mich fort – irgendwohin.

Ich ging und ging. Irgendwann kam ich halbwegs zu mir, spürte den Regen, den Wind, bemerkte, daß meine Kleider naß waren und daß mir Ströme von Regen und Tränen übers Gesicht liefen.

Ich stolperte einen Waldweg entlang, der hoch mit altem, feuchtem Laub bedeckt war. Meine Füße sanken tief ein in dieses Gemisch aus nasser Erde und durchgeweichtem Laub. Ich starrte nach unten, versuchte, die einzelnen Blätter zu bestimmen, als sei nur dies und nichts anderes wichtig. Eichenlaub erkannte ich, auch das von Birken und Buchen. Ich mußte an mein Gespräch mit Kristina denken, die nicht gewußt hatte, daß eine Robinie ein Baum ist.

Ich bückte mich nach einem einsamen Ahornblatt, das zu meinen Füßen lag, hob es auf.

Aus meinen Haaren tropfte es auf das Blatt in meiner Hand, das bräunlichfahl und blaß aussah, so als hätte der Regen alle Farbe aus ihm herausgewaschen.

Ich ertappte mich dabei, daß ich mich nach dem Baum umsah. Eichen, Buchen, Birken, dazwischen Fichten, Kiefern und die üblichen Sträucher – aber kein Ahorn.

»Was hat dich nur hierhergetrieben?« fragte ich leise.

»Natürlich, der Wind!«

Ich mußte lachen. Doch mein Lachen ging bald wieder in Weinen über.

Warum? dachte ich. Warum nur? Warum Diamant?

Ich lehnte mich gegen den schlanken, silbrigen Stamm einer Birke und starrte hinauf in ihr wirres Geäst. Die Blätter verfärbten sich bereits.

Es wurde Herbst. Der Sommer war vorüber. Alles war vorüber. Nichts würde je mehr so sein wie früher.

»Warum?« fragte ich wieder, diesmal laut. Und dann schrie ich es in den Wald: »Warum?«

Immer wieder, immer lauter. Bis ich heiser wurde, bis ich in die Knie ging, langsam, und auf dem nassen Boden hockend den Kopf in den Armen verbarg.
Mehr und mehr begann ich zu begreifen.
Diamant war verkauft.
Ich nahm an, daß Rabensteins ihn gekauft hatten. Dann war er jetzt Arlettes Pferd.
Ich würde ihn nie mehr reiten können. Er gehörte einer anderen. Sie würde ihn pflegen, ihn reiten – ihn hoffentlich auch liebhaben.
Wenn es ihm nur gutgehen würde bei ihr! Wenn sie ihn nur gut behandelte!
Widersprüchliche Gedanken und Gefühle rissen mich hin und her. Mal blutete mein Herz wegen Diamant, mal wegen mir selbst. Ich hoffte inständig, daß er es immer gut haben, es ihm nie an etwas fehlen würde.
Aber ich? dachte ich dann wieder. Was wird aus mir? Selbst wenn Arlette immer lieb zu ihm ist und er sie ins Herz schließt – wie soll ich es aushalten ohne Diamant? Ich war überzeugt davon, daß niemals ein anderes Pferd seinen Platz in meinem Herzen einnehmen könnte.
Weiterhin reiten? Wen denn? Welches Pferd konnte es schon mit Diamant aufnehmen?
Ich erinnerte mich an den Tag vor etwas mehr als einem Jahr, als ich Diamant zum erstenmal gesehen hatte. Damals war ich ein wenig enttäuscht von ihm gewesen. Alles an ihm wirkte so lang, dabei wenig bemuskelt. Nicht besonders beeindruckend.
Aber seine schönen Augen, sein treuherziger Blick! Der freundliche Gesichtsausdruck! Die drolligen Schlappohren! Ich stellte mir das alles vor, und wieder überkam mich grenzenlose Verzweiflung und Traurigkeit.

Es war fast wie ein Krampf: Ich weinte, daß es mich schüttelte, und krümmte mich, vornübergebeugt, meine Knie umarmend. Ich war naß und schmutzig, aber es war mir vollkommen gleichgültig.
Wenn ich die Augen schloß, konnte ich Diamant vor mir sehen. Ich wußte genau, wie er roch, und konnte mir seine Bewegungen vorstellen, so deutlich, als säße ich auf seinem Rücken. Ich fühlte seine Kraft, seinen Ehrgeiz, seinen Mut, wenn er schwungvoll die Sprünge anzog und darüber hinwegsegelte, als gäbe es für ihn nichts Schöneres auf der Welt.
»Oh, Diamant«, flüsterte ich verzweifelt, »Diamant, mein Diamant ...«
Ich hatte ihn verloren, und ich konnte nichts dagegen tun.
Langsam richtete ich mich wieder auf. Meine Füße hatten sich in einem niedrigen Gestrüpp aus Himbeersträuchern verfangen. Mit zuerst matten, dann wütenden Bewegungen kämpfte ich mich frei.
Jetzt fühlte ich Wut.
Ich war so wütend, daß ich kaum noch Luft bekam.
Warum hatte Herr Reinhold Diamant verkauft? Wie konnte er nur?! Ging es bloß ums Geld? Hatte Herr Rabenstein einen so guten Preis geboten?
Herr Rabenstein! Ich hatte gleich ein ungutes Gefühl gehabt, schon damals auf dem Turnier, als er mich ausfragte und dann mit Monika zusammenstand. Und später wieder, als er mit Arlette hier aufgekreuzt war.
Arlette! Hätte sie sich nicht ein anderes Pferd in den Kopf setzen können? Mußte es ausgerechnet mein Diamant sein? Weshalb versuchte sie nicht, aus ihrer Dakota ein brauchbares Pferd zu machen?
Dakota! Ein ungezogenes Pferd ... wahrscheinlich verritten oder von Natur aus launisch und schwierig. Wahrscheinlich

würde Diamant auch bald verritten sein. Ob er dann auch einfach abgeschoben wurde?
Pferde waren doch so hilflos. Hilflos und uns Menschen ausgeliefert. Diamant konnte sich nicht wehren.
Aber auch ich konnte mich nicht wehren. Ich mußte mit ansehen, wie er verkauft wurde, abgeholt wurde, aus meinem Leben verschwand.
Ob sie ihn schon geholt haben? überlegte ich. Mein Zorn war verraucht, meine Tränen versiegt. Leer und kalt fühlte ich mich jetzt.
Ich versuchte mir vorzustellen, wie Diamant über die Rampe ins Innere des Hängers geführt wurde. Wie er vertrauensvoll in den Wagen kletterte, nicht wissend, daß er nie mehr zurückkehren würde …

Ich mußte mich von ihm verabschieden. Mußte ihn noch einmal sehen, noch einmal streicheln, einmal noch, ein letztes Mal …
Im Grunde genommen wußte ich, daß ich Diamant jederzeit wiedersehen konnte. Arlette ritt in einem der Nachbarvereine. Ich konnte hinfahren und Diamant besuchen. Aber ich wollte es nicht! Ich wußte, daß ich es nicht fertigbringen würde. Immer würde ich wissen: Er gehört jetzt ihr, und ich habe nichts mehr mit ihm zu tun. Aber Lebewohl sagen, das mußte ich ihm.
Wie in Trance lief ich zurück zum Stall, langsam erst, als würde ich von unsichtbaren Fäden gezogen, fast gegen meinen Willen, dann immer schneller. Irgendwann begann ich zu rennen. Der Gedanke, vielleicht zu spät zu kommen, erfüllte mich mit Panik.

Keuchend erreichte ich den Stall. Auf dem Gelände parkte Herrn Rabensteins Auto mit angekuppeltem Hänger. Abrupt blieb ich stehen.
Plötzlich verließ mich der Mut. Ich fühlte mich verzagt und einsam. Am liebsten hätte ich mich versteckt, um nie mehr zum Vorschein zu kommen.
Niemand bemerkte mich. Kein Mensch hielt sich bei diesem Wetter draußen auf.
Aus dem Hänger drangen Hufescharren und das Schnauben eines Pferdes.
Langsam ging ich näher. Die rückwärtige Plane war heruntergelassen. Nach kurzem Zögern öffnete ich mit zittrigen Fingern die kleine vordere Einstiegstür. Mir war schlecht, und mein Herz klopfte wie wahnsinnig.
Zu meiner Überraschung war es Dakotas Kopf, der sich mir entgegenstreckte.
»Nanu? Wo ist Diamant?« fragte ich, obwohl die Stute es ja nicht wissen und mir erst recht keine Antwort geben konnte.
Ich schloß die Tür wieder. Etwas fiel mir aus der Hand – ein Ahornblatt.
Vorsichtig hob ich es auf, strich es glatt und steckte es in die Tasche meines Parkas.
Unvermittelt öffnete sich das Stalltor. Nicht von allein natürlich. Herr Rabenstein trat ins Freie, ihm folgte auf dem Fuß Arlette – und da, direkt an ihrer Schulter, erschien ein dunkelbrauner Pferdekopf.
Mir blieb fast das Herz stehen.
Diamant! durchzuckte es mich.
Brav schritt er neben Arlette her, auf den Hänger zu. Er wurde von so vielen verschiedenen Leuten geputzt, gestreichelt, geritten, daß er sich nicht darüber wunderte, jetzt von Arlette nach draußen gebracht zu werden. Er blinzelte in den Regen,

senkte den Kopf und schüttelte sich grunzend. Ich wußte, daß er es nicht leiden konnte, wenn Wasser in seine Ohren kam. Überhaupt war er kein Freund von Regen.
»Mist! Wir hätten Dakota zuerst ausladen sollen«, hörte ich Arlette sagen. Herr Rabenstein machte sich am Hänger zu schaffen. Im Eingang zum Stall tauchte jetzt auch Herr Reinhold auf. Dann erschien Clarissa, die neugierig nach draußen starrte. Und da war auf einmal Kristina.
Sie hatte mich sofort entdeckt und kam auf mich zugelaufen, blieb vor mir stehen, blaß und hilflos.
»Oh, Julia«, murmelte sie.
Ich starrte sie wortlos an und biß die Zähne zusammen. In Kristinas Augen glitzerten Tränen.
»Es tut mir so leid«, flüsterte sie.
Es fiel mir schwer, nicht wieder zu weinen. Aber ich wollte es nicht! Ich kämpfte gegen die Tränen an, rang sie nieder, mit aller Kraft, mit all meinem Willen. Wahrscheinlich war mein Gesicht so starr wie eine Maske.
Ich beobachtete, wie Herr Rabenstein Dakota aus dem Hänger führte und wie Arlette Diamant über die Rampe ins Innere des Transporters brachte. Diamant war ruhig, gelassen. Dakota hingegen machte Theater, tanzte im Kreis und wieherte wie verrückt.
»Was passiert jetzt?« hörte ich Clarissa mit lauter, quäkender Stimme fragen.
»Ich nehme die Stute«, erklärte Herr Reinhold. Er griff nach dem Führstrick, drückte Herrn Rabenstein die Hand und verschwand mit dem Pferd im Stall.
Clarissa starrte in meine Richtung. Sie kaute auf einem Kaugummi. Ihre Augen wurden immer größer, ihre Miene spiegelte Neugier wider.
»Diamant ist verkauft, Julia!« rief sie mir schließlich zu.

Es klang, als handle es sich um eine Sensation.
»Blöde Gans«, zischte Kristina aufgebracht.
Clarissa beobachtete mich. Sie wartete auf meine Reaktion.
Arlette und ihr Vater beachteten mich nicht.
Kein Wunder! Jetzt mußten sie mich ja nicht mehr über Diamant ausfragen.
Herr Rabenstein schloß behutsam die Klappe und ließ die Plane herunter.
»Geh noch mal hin«, sagte Kristina drängend, »geh doch! Du mußt hingehen!«
»Ich kann nicht«, würgte ich hervor. »Nicht, solange diese Leute da stehen.«
»Ich gehe mit«, bot Kristina an, schob einen Arm unter meinen und zog mich mit sich.
Vater und Tochter Rabenstein wollten gerade ins Auto einsteigen, als wir angelaufen kamen.
»Wir möchten uns noch von Diamant verabschieden«, verkündete Kristina mit ihrer hellen, klaren Stimme.
Herr Rabenstein räusperte sich.
Er sah mich an, erkannte mich, nickte.
Wir gingen zum Hänger. Kristina öffnete die kleine Tür. Ich konnte mich nicht mehr bewegen. Es war, als hielten mich unsichtbare Fesseln. Ich schaffte es einfach nicht, zum Hänger zu gehen und ins Innere zu schauen.
Jetzt erschien Diamants Nase in der Türöffnung, dann sein ganzer Kopf. Er blickte aus dem Hänger, mit wachem, interessiertem Blick.
»Komm doch her«, forderte Kristina mich drängend auf. Wieder mußte sie eingreifen, packte mich beim Arm, zog mich näher.
Mechanisch streckte ich eine Hand aus. Da war Diamants weiche Nase, da waren seine leicht bebenden Nüstern, seine

tastenden Lippen, die sich in meine Handfläche schmiegten. Ich suchte nach einem Stück Zucker. Kristina schob mir eins in die Hand.
Diamant nahm das Zuckerstück, kaute genüßlich und schnaubte.
Er war ruhig, er wußte ja nicht, was ihm bevorstand.
Er wußte es nicht!
Dieser Gedanke trieb mir erneut Tränen in die Augen. »Diamant«, flüsterte ich heiser und streichelte ihn, seine Nase, seine Stirn. »Ach, Diamant …«
Mein Diamant, lieber Diamant …
»Wir müssen los«, unterbrach da Herrn Rabensteins Stimme unsanft die Abschiedsszene, »Wenn ihr bitte die Tür zumachen würdet …«
Ich konnte mich nicht rühren. Kristina schloß die Tür, und ich stand reglos da und starrte dorthin, wo ich eben noch Diamants Kopf gesehen hatte.
»Wen wirst du denn jetzt reiten, Julia?« fragte da Clarissas Stimme in meinem Rücken. »Du hast ja kein eigenes Pferd.«
Das wußte ich selbst! Und reiten? Reiten wollte ich überhaupt nicht mehr. Nie mehr! Ich hatte Diamant verloren. Kein Pferd konnte seinen Platz einnehmen.
Herr Rabenstein ließ den Motor an, und das Gespann setzte sich in Bewegung, rollte vom Hof.
Diamant wieherte. Es klang wie ein Abschiedsgruß. Da war es um meine Fassung geschehen. Mir liefen die Tränen in Strömen übers Gesicht, und ich rannte vom Hof.
Auf der schmalen Straße schaukelte der Hänger davon. Ich rannte ihm nach, obwohl ich doch wußte, daß ich ihn nicht einholen konnte.
Als ich mein Elternhaus erreichte, waren Auto und Hänger aus meinem Blickfeld verschwunden.

Diamant entfernte sich immer weiter von mir, immer rascher. Hoffentlich wird er es gut haben, dachte ich wieder und wieder, hoffentlich, hoffentlich, hoffentlich …
Wie es für mich weitergehen sollte, wußte ich nicht. Doch das war mir im Augenblick auch gleichgültig.
Ich dachte nur an Diamant …

Eine schwierige Zeit

Im Hauseingang fing mich Tante Patricia ab.
»Julia, ich muß ein ernstes Wort mit dir reden«, empfing sie mich, und ihre Stimme hatte einen leicht schrillen Klang. Sie hatte die Hände erhoben und spreizte sämtliche Finger ab. Wahrscheinlich hatte sie sich die Nägel gerade frisch lackiert. Jedenfalls leuchteten sie in grellem Pink, passend zu ihrer Seidenbluse mit der übermäßig großen Schleife.
Ich drückte mich an ihr vorbei, aufs Treppenhaus zu.
»Julia!« rief sie mir mit bebender Stimme nach. »Hörst du nicht? Ich muß mit dir über deine schrecklichen, ungezogenen Hunde reden …«
Natürlich blieb ich nicht stehen. Was Tante Patricia mir zu sagen hatte, interessierte mich nicht im geringsten. Ihre ewigen Schimpftiraden, Whiskey und Carina betreffend, hingen mir sowieso zum Hals heraus.
Auf der Treppe hinterließ ich eine schmutzigbraune Tropfspur. Als ich die Wohnungstür öffnete, kamen mir die Hunde entgegen. Whiskey sprang an mir hoch und versuchte, meine Nase zu lecken, und Carina umtanzte mich mit wild wedelndem Schwanz und Fieptönen.
Seltsamerweise mußte ich bei dieser freundlichen Begrüßung wieder weinen.

Ich sank in die Knie und versuchte, beide Hunde zu umarmen, was sich jedoch als schwierig erwies.

»Meine Lieben«, flüsterte ich, »ach, meine Lieben, wenn ich euch nicht hätte ...«

Ich klopfte Whiskeys Hinterteil und lehnte meinen Kopf an Carinas Rücken. Meine Tränen tropften in ihr glattes, schwarzgepunktetes Fell.

Die Hunde merkten gleich, daß mit mir etwas nicht stimmte. Whiskey brummelte und stupste mich immer wieder an, und Carina fiepte aufgeregt und versuchte dabei, mir die Tränenspuren aus dem Gesicht zu lecken.

Jetzt mußte ich erst recht heulen. Mein lautes Schluchzen rief meine Mutter auf den Plan.

»Großer Gott, wie siehst du aus!« waren Mamas erste Worte, als sie mich sah. Sie schlug die Hände über dem Kopf zusammen. »Zieh dich bloß gleich um, und lauf mit den Stiefeln nicht durch die Wohnung.«

Dann erst bemerkte sie, daß etwas nicht in Ordnung war. Sie kam näher und betrachtete mich genauer.

»Sag, weinst du etwa?«

»Und wenn?« fragte ich grantig.

Ich schämte mich meiner Tränen.

»Was ist denn passiert? Bist du vom Pferd gefallen?« Als ob ich wegen so etwas Kindischem geweint hätte!

»Nein«, sagte ich also und fügte hinzu: »Quatsch!«

»Dann hast du dich mit Kristina gestritten«, kombinierte Mama, ohne lange nachzudenken.

»Blödsinn, überhaupt nicht.«
»Mit einem von den anderen? Oder hast du dich über jemanden geärgert?«
Ich schüttelte den Kopf. Dabei biß ich die Zähne zusammen und versuchte gewaltsam, die Tränen zurückzuhalten. Jetzt erst bemerkte ich Papa, der in der Wohnzimmertür stand und mich mit herabgezogenen Mundwinkeln ein bißchen grimmig beobachtete.
»Was ist los?« wollte er wissen.
»Nichts«, log ich. Papa würde mich sowieso nicht verstehen, dachte ich.
»Ist es nicht reichlich übertrieben, wegen nichts einen solchen Aufstand zu machen?« fragte er jetzt.
Ich fühlte mich nicht ernst genommen und ungerecht behandelt. Abrupt stand ich auf, wischte mir zornig die Tränen aus dem Gesicht und starrte meinen Vater an, bebend vor Zorn und Verzweiflung.
»Was verstehst du davon?« fragte ich verbittert und hörte selbst, wie meine Stimme laut und schrill wurde. »Dir ist doch alles egal, wenn du nur deine Schreiberei hast! Wenn du mir Diamant gekauft hättest, dann müßte ich mich jetzt nicht von ihm trennen ...«
Mit lautem Heulen stürzte ich davon, wieder aus der Wohnung, wo ich doch gehofft hatte, bei meinen Eltern auf Verständnis zu stoßen, die nächste Treppe nach oben und in mein Zimmer.
»Von was für einem Diamant redet sie?« hörte ich Papa noch verblüfft und ein wenig beleidigt fragen. Dann knallte ich die Tür hinter mir zu und warf mich, naß und schmutzig wie ich war, aufs Bett.
Der Regen trommelte gegen die Fensterscheiben. Alles war düster und grau und vollkommen hoffnungslos.

Nach einer kleinen Weile hörte ich, wie jemand meine Zimmertür öffnete. Schritte. Dann Mamas Stimme: »Willst du mir nicht erzählen, was mit Diamant geschehen ist?«
Sie setzte sich auf meine Bettkante und streichelte sanft meine Schultern.
Zuerst reagierte ich abwehrend und schwieg. Aber nach ein paar Minuten murmelte ich: »Er ist verkauft worden.«
Mama schwieg sekundenlang. Vielleicht versuchte sie, sich darüber klar zu werden, was diese Tatsache für mich bedeutete. »Warum denn so plötzlich?« fragte sie schließlich.
Eckig zuckte ich mit den Schultern.
»Er war doch kein Verkaufspferd«, fuhr Mama fort. »Er war ein Schulpferd. Braucht Herr Reinhold ihn denn nicht für den Unterricht?«
Wieder zuckte ich die Schultern. »Er wird wohl Saskia einsetzen, bis er ein neues Pferd gefunden hat.«
Als Ersatz für Diamant, dachte ich, und wieder krampfte sich in meinem Innern alles zusammen, so daß ich das Gefühl hatte, kaum mehr atmen zu können. Erneut drängten sich Tränen mit aller Macht in meine Augen, strömten mir übers Gesicht, versickerten in meinem Kissen.
»Oh, Julia, es tut mir so leid«, versicherte Mama mir leise.
Leid! Davon habe ich auch nichts, dachte ich.
Ich hörte die Hunde neben meinem Bett. Beide waren aufgeregt. Whiskey versuchte, aufs Bett zu springen, Carina stieß mir ihre feuchte Stupsnase ins Gesicht.
»Jetzt nicht«, wehrte Mama die beiden ab.
»Laß sie«, versetzte ich, »jetzt habe ich ja nur noch sie ...«
»Du hast auch uns«, widersprach Mama, »und Kristina und deine anderen Freunde, den Reitverein und die Pferde ...«
Wild schüttelte ich den Kopf. Nein! Nie mehr Reitverein! Keine anderen Pferde, nie mehr!

Mama schwieg taktvoll. Sie wußte wohl, daß es überhaupt keinen Sinn haben würde, jetzt auf mich einzureden.
»Kann ich dir etwas bringen?« erkundigte sie sich.
Ich schüttelte nur den Kopf. Ich wollte nichts außer Diamant.
Mama war kaum verschwunden, als es an meine Zimmertür klopfte. Ich reagierte nicht, hörte aber, wie die Tür einen Spaltbreit geöffnet wurde. Sie quietschte leise in den Angeln.
»Julia?« fragte Kristinas Stimme verhalten. »Schläfst du? Darf ich rein?«
»Klar«, grunzte ich mühsam und richtete mich halb auf. Mit Kristina war es einfacher. Sie war meine Freundin und eine ebenso große Pferdeliebhaberin wie ich selbst. Wenn jemand nachempfinden konnte, wie ich mich jetzt fühlte, dann sie.
Oder Stefan, überlegte ich. Vor kurzem noch hatte ich versucht, ihn zu trösten, als er sich von Antares trennen mußte, obwohl ich wußte, daß es keinen wirklichen Trost gab. Ich hatte es damals bereits gewußt und erfuhr es jetzt schmerzlich am eigenen Leib.
Armer Stefan, dachte ich, wie muß es in ihm ausgesehen haben. Und weil ich mich selbst ebenso bemitleidenswert fand, weinte ich gleich weiter.
»Ach, Julia, es ist schrecklich!« Kristina ließ sich aufs Fußende meines Bettes plumpsen und sah mich mitleidig an. In ihren großen blauen Augen schwammen Tränen.
»Hast du Herrn Reinhold gesehen?« fragte ich.
Kristina nickte überrascht. »Ja, habe ich tatsächlich, gerade als ich dir nachlaufen wollte. Er hat mich noch aufgehalten, deshalb komme ich jetzt erst.«
»Und was hat er gesagt?«
Kristina mußte überlegen. »Er fragte, wie du es aufgenommen hättest.«
Was für eine Frage!

»Was hast du gesagt?«
Kristina zuckte mit den Schultern. »Was man so sagt …«, antwortete sie ausweichend. »Er weiß doch selbst, wie du an Diamant hängst. Er sagte, daß es ihm leid tut, und daß du ihm leid tust und …«
»Auf seine Mitleidsarien kann ich verzichten!« unterbrach ich Kristina laut und böse.
Sie sah mich verlegen an, und ich rief: »Warum hat er ihn verkauft? Warum? Wie konnte er nur? Er ist so gemein! Ich habe ihn immer bewundert – aber er ist einfach nur gemein, und ich hasse ihn!«
Kristina erschrak über meine Lautstärke und die Heftigkeit meiner Worte.
»Das tust du nicht wirklich«, wandte sie nach Sekunden des Nachdenkens ein.
»O doch, das tue ich!« rief ich wild. Im Augenblick empfand ich auch so. Wenn ich nur an meinen Reitlehrer dachte, zitterte ich bereits vor Wut.
»Warte erst mal ab«, meinte Kristina, ohne mir sagen zu können, worauf ich warten sollte. Statt dessen brachte sie einige vage, eher belanglose Bemerkungen an, auf die ich nicht weiter einging.
»Und am Wochenende ist Turnier«, stellte sie irgendwann leise fest.
Turnier! Ich schnaubte verächtlich durch die Nase. Turnier! Was war das schon? Was bedeutete es? Ob ich mitreiten konnte oder nicht, war vollkommen gleichgültig. Ich hatte Diamant verloren.

Spät am Abend bekam ich noch Besuch von Papa. Ich hatte es mittlerweile geschafft, mich umzuziehen. Sogar meinen nassen, verschmutzten Bettbezug hatte ich gewechselt, ob-

wohl ich mich zuerst dagegen gesträubt hatte. Ich wollte trotzig sein, mich selbst bestrafen, betonen, wie gleichgültig mir alles war. Aber ich brachte es nicht fertig.
Jetzt lag ich im frisch bezogenen Bett und starrte an die Decke. Draußen war es finster. Ich hatte die Vorhänge nicht vorgezogen und den Rolladen nicht heruntergelassen. So konnte ich nach draußen starren und hoffen, einen Blick auf einige Sterne oder einen Zipfel des Mondes zu erhaschen, falls die Wolkendecke einmal aufreißen sollte.
Ich fand, daß vom sanften Mondschein oder dem fernen, silbernen Glanz der Sterne etwas Tröstliches ausging.
Aber noch regnete es, unablässig, gleichmäßig, einschläfernd. Dennoch konnte ich keinen Schlaf finden.
Als Papa mein Zimmer betrat, schaltete er, sensibel wie er war, gleich die Deckenbeleuchtung an.
Geblendet schob ich die Hand vor die Augen.
»Was soll das?« fragte ich gereizt.
Papa pirschte sich näher. Er stand vor meinem Bett, trat hilflos von einem Fuß auf den anderen und versteckte beide Hände hinterm Rücken.
»Was gibt's?« knurrte ich.
Papa räusperte sich. »Wie geht es dir?« fragte er ungeschickt. Eigentlich war er rührend in seiner Tolpatschigkeit. Es lag ihm eben nicht, tröstende Worte zu finden oder Mitleid zu bekunden. Er benahm sich hilflos und hölzern. So war er eben – er konnte nicht anders.
Verrückterweise stellte ich genau in diesem Moment fest, wie sehr ich an meinem schrulligen Vater hing.
»Du hast nichts zu Abend gegessen«, stellte Papa jetzt fest und betrachtete mich mit merkwürdigem Blick: Sein Gesicht sollte Strenge und Tadel ausdrücken, spiegelte aber eher Besorgnis wider.

»Ich hab' keinen Hunger.«
»Das ist aber nicht gut. Du mußt schließlich morgen in die Schule.«
Typisch Papa! Immerzu diese blöde Schule!
»Ich gehe nicht«, widersprach ich.
Er streckte sich, versuchte, Autorität auszustrahlen. »Man darf seine Pflichten nicht vernachlässigen«, behauptete er.
Ich knurrte gereizt und abwehrend.
Papa seufzte. »Hier, iß erst mal was«, bat er dann und zeigte mir jetzt, was er hinter seinem Rücken versteckt hatte: Pralinen und Kekse aus seinen geheimen Vorräten.
»Gut für die Nerven«, erklärte er und legte mir, als ich mich nicht rührte, alles auf den Nachttisch. Wieder trat er von einem Fuß auf den anderen. Er war so rührend, daß mir schon wieder die Tränen kamen. Aber erst, als er sich umwandte und mit traurig gesenktem Kopf auf die Zimmertür zusteuerte, gelang es mir, ein heiseres »Danke« zu flüstern.
Papa drehte sich noch einmal zu mir um.
»Bleib morgen zu Hause, Kind«, sagte er, bevor er schnell den Raum verließ.

Es begann eine schwierige Zeit. Schwierig für mich, schwierig aber auch für meine Umgebung. Papa konnte nicht allzuviel Mitgefühl zeigen, das lag ihm einfach nicht. Er fühlte sich hilflos, und seine Hilflosigkeit verursachte ihm Unbehagen. Deshalb ging er mir lieber aus dem Weg und vergrub sich ganz in seiner Schriftstellerei, seinen kriminalistischen Phantasiewelten.

Mama tat ihr Bestes, um mich aufzuheitern, drohte aber nach und nach die Geduld zu verlieren. Sie fand mich unzugänglich, schwierig und unvernünftig.
»Julia, die Welt dreht sich weiter«, pflegte sie zu sagen. »Du mußt unbedingt deinen gewohnten Trott finden. Geh doch wieder reiten!«
»Wen denn?« fragte ich nur und schüttelte den Kopf, zuerst wild, dann bockig, dann nur noch traurig und verschlossen. Für mich stand fest: Reiten wollte ich nie mehr.
Kristina tat viel, um mich aufzuheitern. Sie überredete mich zu allerlei Aktivitäten und versuchte offensichtlich, mich wieder zum Reitverein zu lotsen.
Von dem Turnier, an dem ich ursprünglich hatte teilnehmen sollen, hatte sie nichts erzählt. Weder von ihrem eigenen Abschneiden noch von dem der anderen. So wußte ich auch nicht, ob Arlette an meiner Stelle auf Diamant gestartet war, wollte es auch nicht wissen.
Aber Kristina sorgte dafür, mit harmlosen kleinen Bemerkungen, daß ich auf dem laufenden blieb. »Saskia geht jetzt im Schulbetrieb mit«, erzählte sie etwa, »aber sie ist immer noch unberechenbar. Herr Reinhold will sie verkaufen.«
Oder, ein anderes Mal: »Sirius hat Justus ans Knie geschlagen, jetzt geht Justus lahm. Sirius ist vielleicht frech!«
Eine Weile später verkündete sie, daß Annette endlich wieder reiten dürfe. Und daß Clarissa mit dem Gedanken spiele, ihre Moonbeam einmal decken zu lassen.
»So ein Quatsch!« schnaubte ich abfällig. »Als ob Clarissa in der Lage wäre, ein Fohlen richtig zu erziehen!«
»Es würde sicher ein kleines Ungeheuer daraus«, pflichtete Kristina mir bei.
»Und kleine Ungeheuer wachsen«, kommentierte ich, »und sind als große Ungeheuer verdammt gefährlich.«

Kristina, die sich freute, daß mit mir überhaupt einmal zu reden war, grinste vergnügt vor sich hin.
»Kannst du dir Mutter Simon dazu vorstellen?« fragte sie. Sie setzte sich in Positur, bemühte sich, eine blasierte, gespielt vornehme Miene aufzusetzen und flötete: »Clarissa, du streichelst unser Fohli-Putzi immer nur hinterm rechten Ohr! Streichel doch endlich auch mal links, sonst schabst du das Fell einseitig ab.«
Jetzt mußte ich lachen. »Ich glaube eher, daß sie sagen würde: ‚Du dumme Kuh, du bist doch selbst schuld, wenn der kleine Liebling dich beißt. Du hast vergessen, ihm sein Gute-Nacht-Küßchen zu geben.‘«
An Frau Simon war so gut wie alles unecht. Sie bemühte sich, vornehm zu sein, und fiel ständig aus der Rolle. Sie wollte sich elegant kleiden und wirkte dabei aufgetakelt und billig. Sie versuchte, zuckersüß zu sprechen, und fiel doch ständig in einen ordinären, keifenden Tonfall.
»Sag mir, wenn Moonbeam wirklich gedeckt wird«, bat ich Kristina und beendete damit das Gespräch über Pferde. Wir bemühten uns um ein anderes Thema. Ich wollte sowenig wie möglich ans Reiten, an den Drachenhof und somit an Diamant erinnert werden.
Einmal brachte Kristina nach einer Dressurstunde die ganze Bande mit zu uns nach Hause. Ich hörte sie in Kristinas Zimmer einfallen, hörte die schweren Schritte, hervorgerufen durch die plumpen Reitstiefel, erkannte jeden einzelnen der Freunde an der Stimme, am Lachen …
»Wollt ihr auch was zu knabbern?« fragte Kristina mit ihrer hellen Stimme.
»Klar doch, wenn’s was gibt!«
»Soll ich dir helfen, irgendwas zu holen?« fragte Monika, die immer hilfsbereit war.

»Ja, bitte, dann kann ich gleich was zu trinken mitbringen. Sind Sprudel und Saft okay?«
»Ein Bierchen wär' mir lieber!«
Das kam natürlich von Michael.
»Wo steckt denn Julia?« Margits ruhige, freundliche Stimme. »Kommt sie nicht?«
Ich hielt für einen Augenblick den Atem an. Unsinnigerweise glaubte ich, mich durch jeden Atemzug verraten zu können. So preßte ich mich fest gegen die Rückenlehne meines Sessels, lauschte und fühlte dabei mein Herz laut und aufgeregt schlagen.

Nach einer Weile stellte ich fest, daß ich hoffte, irgend jemand würde in mein Zimmer platzen und mich bitten, mit rüber zu kommen. Natürlich hätte ich abgelehnt. Aber ich wartete insgeheim auf eine Aufforderung.
»Ist Julia nicht da?« fragte Monika irgendwann.
»Keine Ahnung«, behauptete Kristina. »Soll ich mal nachsehen gehen?«
»Sie müßte uns doch gehört haben, wenn sie da wäre«, vermutete Beate.
»Wenn sie nicht rüberkommen will ...« Das kam von Sven.
»Vielleicht ist sie ausgegangen«, meinte Michael. »Womöglich führt sie ein wildes Doppelleben, von dem wir nichts ahnen, und geht jede Nacht auf Tour ...«
Alle lachten, weil jeder wußte, daß mir so etwas kaum zuzutrauen wäre ...
Als die ganze Bande sich wieder verabschiedet hatte, klopfte Kristina an meine Zimmertür und trat gleich darauf ein.
Ich saß noch immer in meinem Sessel, auf den Knien ein Buch, in dem ich zu lesen vorgegeben hatte. In Wahrheit hat-

te ich nur den Gesprächen im Nebenraum gelauscht und mir gewünscht, dabeizusein, dazuzugehören, so wie früher.
»Ich wußte, daß du hier bist«, sagte Kristina zur Begrüßung und warf sich auf mein Bett. Sie sah mich lange an. »Wolltest du nicht rüberkommen?«
»Ihr habt mich nicht gefragt«, antwortete ich spröde.
»Seit wann brauchst du eine Einladung?« erkundigte sich Kristina leise. Ich schwieg und tat, als wäre ich sehr mit meinem Buch beschäftigt.

»Ich habe die anderen extra mitgebracht, damit du sie auch mal wieder siehst«, erklärte Kristina mir.
»Ich habe keine Sehnsucht nach ihnen«, log ich.
Kristina richtete sich auf. »Ach, wirklich? Ja, den Anschein hatte es allerdings.«
»Der Schein trügt nicht immer«, behauptete ich bissig.
»Julia«, sagte Kristina eindringlich, »die Welt dreht sich weiter. Alles geht weiter. Du hast Diamant verloren, das ist schlimm, stimmt. Aber da drüben ist der Reitverein, da sind die anderen Pferde, und deine Freunde sind auch da. Willst du das alles wirklich aufgeben?«
Ich blieb ihr eine Antwort schuldig. Mein Hals fühlte sich kratzig an, und meine Augen brannten. Ich konnte unmöglich sprechen. Außerdem wußte ich ohnehin nicht, was ich sagen sollte.
»In zwei Wochen ist Fuchsjagd«, fuhr Kristina fort. »Ich werde mitreiten. Kommst du zuschauen?«
Ich schüttelte den Kopf. »Nein«, sagte ich mühsam. Ich dachte daran, wie gern ich die Fuchsjagd im vergangenen Jahr geritten wäre – auf Diamant. Und wie meine Eltern es mir verboten hatten, nach jenem Sturz von Monteverdi.

Damals hatte ich versucht, mich mit dem Gedanken ans kommende Jahr zu trösten – nicht wissend, daß ich nie mehr Gelegenheit haben würde, auf Diamant an einer Fuchsjagd teilzunehmen.
»Am Wochenende darauf findet Frau Simons erstes Konzert statt«, wechselte Kristina nach kurzem Überlegen das Thema. »Mami hat gemeint, daß wir alle hingehen müssen. Das seien wir ihr schuldig, weil sie ja unsere Nachbarin ist.«
»Hat Mama auch gesagt«, erklärte ich.
»Und dein Vater?« fragte Kristina gespannt.
»Arbeitet jetzt schon auf seinen Nervenzusammenbruch hin. Er möchte ihn pünktlich eine Stunde vor Beginn des Konzerts bekommen.«
Kristina lachte. »Mein Vater ist auch nicht begeistert! Mami verlangt, daß er einen dunklen Anzug anzieht – elegant, verstehst du –, aber er hat keinen, nur seinen Hochzeitsanzug. Und der ist zu eng, weil er so viele Muskeln bekommen hat.«
Ich versuchte mir Ernst-Rüdiger in einem viel zu engen Anzug vorzustellen.
Über einem Hemdkragen, der den Hals abschnürte, sah ich sein braungebranntes Gesicht mit den blitzenden Zähnen und der blonden, jetzt schon leicht graumelierten Haarmähne, die sich im Nacken lockte.
Nein, da paßten Jeans und T-Shirt doch viel besser …
»Was hat Stefan übrigens geschrieben?« Kristina, sprunghaft wie immer, hatte schon wieder ein neues Gesprächsthema gefunden.
»Ach, vom Reiten und so«, brummte ich undeutlich.
Ich hatte vor einigen Tagen einen Brief bekommen. Stefan war wohl von Kristina über die Umstände von Diamants Verkauf informiert worden und hatte mir daraufhin sehr nett und einfühlsam geschrieben.

»Ich kann dich in dieser Situation ebensowenig trösten, wie du mich trösten konntest, als ich mich von Antares trennen mußte«, schrieb er da. »Du hast es zwar versucht, aber du kamst dir hilflos vor, das habe ich bemerkt. Und genauso hilflos fühle ich mich jetzt. Und sicher denkst auch du, so wie ich es tat: ‚Worte, alles nur Worte.' Und du bist sicher, daß keiner dich versteht, daß keiner wirklich nachempfinden kann, was in dir vorgeht. Und doch glaube ich, daß du eines Tages ein anderes Pferd finden wirst, das du pflegen und reiten und liebhaben kannst. Ich weiß, daß auch ich ein solches Pferd finden werde, auch wenn mein Herz diese Tatsache im Augenblick noch nicht wahrhaben will. Wir sträuben uns beide dagegen, Julia, aber der Verstand ahnt, er weiß, was das Gefühl noch leugnen möchte ...«
Ich war sehr gerührt und hatte es wieder und wieder gelesen. Stefan fühlte sich noch immer verwirrt und einsam, so wie ich. Es war kein Brief, den ich Kristina zeigen konnte.
»Schreibt er von dieser Schimmelstute, die so ein bißchen bekloppt ist? Wie heißt sie?«
»Robinie«, antwortete ich. »Ja, die reitet er in den Springstunden. Und dann hilft er diesem Mädchen mit seinem ungezogenen Pferd ...«
»Matterhorn oder so«, warf Kristina ein.
»Blödsinn! Wallenstein! Ich hab' dir doch gesagt, daß der Name nichts mit einem Berg zu tun hat.«
Kristina ging nicht näher darauf ein. »Ist dir schon mal aufgefallen, daß es viel mehr ungezogene als vernünftige Pferde auf der Welt gibt?«
»Das liegt daran, daß so viele entweder verhätschelt oder schlecht behandelt werden«, vermutete ich. »So oder so werden sie dann unberechenbar und – tja, in irgendeiner Form zur Gefahr.«

»Vielleicht hat dein Vater doch recht, wenn er Pferde für menschenfressende Ungeheuer hält«, meinte Kristina mit einem anzüglichen Lächeln.
Ich machte eine abwehrende Handbewegung. »Ach was! So ist es schließlich nicht. Viele bekommen ein Gespür für ihre Stärke, ihre körperliche Überlegenheit, dann werden sie frech, schikanieren einen, fangen an sich aufzuspielen und zu drohen. Nimm diese Dakota …«
Ich hatte den Namen kaum ausgesprochen, als mir der Atem stockte und ich spürte, wie ich blaß wurde. Abrupt brach ich ab. Kristina biß sich auf die Unterlippe.
»Ich möchte jetzt schlafen«, erklärte ich mit rauher Stimme. Kristina verstand. Das Gespräch war beendet.

Kein Beifall für die Nachtigall

»Hast du die schon gesehen?« erkundigte Kristina sich, packte mich beim Arm und zerrte mich zu der Bäckerei in der Nähe unserer Schule, wo wir uns öfter mal was zu naschen kauften.
»Was meinst du? Die Bäckerei oder die Auslagen im Schaufenster?« fragte ich muffig. Muffig deshalb, weil ich das Gefühl hatte, die Mathearbeit, die wir heute geschrieben hatten, so ziemlich in den Sand gesetzt zu haben.
»Die hängen jetzt überall herum«, fuhr Kristina fort. »Schau sie dir nur an, wie lächerlich.«
Endlich verstand ich, was sie meinte. Ich starrte auf das große Plakat, das im Fenster der Bäckerei klebte, und mußte schlucken.
Das Plakat zeigte, in kitschigen Farben, zwei Gestalten, die einander mit ausgebreiteten Armen und aufgerissenen Mün-

dern anstarrten – die Pose sollte wohl bedeuten, daß sie sich gegenseitig etwas vorsangen oder miteinander ein Duett schmetterten.
Der Mann im dunkelblauen Frack sah aus wie die Dressman-Ausgabe eines modernen Caruso. Die goldblonde Dame mit der Hochsteckfrisur und dem himmelblauen Kleid erinnerte an eine Kreuzung zwischen Claudia Schiffer und Joan Sutherland in Stromlinienform.
»Gräßlich, was?« fragte Kristina. »Kannst du einen Hauch von Ähnlichkeit entdecken?«
Das war tatsächlich die Frage. Ich versuchte, mir Osvaldo Bottoni und Frau Simon vorzustellen, und verglich sie im Geiste mit den Zeichnungen auf dem Plakat.
»Und dann die Überschrift!« rief Kristina und brach in albernes Gelächter aus.
Jetzt las auch ich: »Die Nachtigall vom Drachenhof und der Heide-Caruso geben sich die Ehre.«
»Nachtigall vom Drachenhof«, murmelte ich und drehte die Augen gen Himmel. »Unmöglich! Und wieso Heide-Caruso? Was soll das denn bedeuten?«
»Der Ossi stammt doch aus Lüneburg«, wußte Kristina zu berichten.
Wo sie das wieder aufgeschnappt hatte!
»Aber hier steht der Clou«, machte sie mich jetzt kichernd aufmerksam. »Frau Simon hat sich ebenfalls einen Künstlernamen zugelegt.«
Tatsächlich! Da stand es, in dicker fetter schwarzer Druckschrift: Trudella Simoni, Sopran.
»Trudella!« schnaubte Kristina atemlos. »Trudella! Klingt wie Nutella, findest du nicht?«
Jetzt mußte ich lachen. Kristinas Einfälle waren manchmal wirklich drollig.

»Die hoffen wohl auf ein volles Haus, wenn sie sich statt Gertrude Simon und Oswald Knopf so ausgeflippte italienische Namen zulegen«, vermutete Kristina.
Während ich noch nickte, warf ich einen Blick auf die Uhr. »Höchste Zeit, sonst ist der Bus weg«, mahnte ich. Wir beeilten uns, zur Haltestelle zu kommen.
Natürlich kannten wir während der gesamten Heimfahrt nur ein Thema: das bevorstehende Konzert im »Haus des Bürgers« unserer kleinen Kreisstadt.
Über ein richtiges Theater verfügte das Städtchen nicht. Aber in jenem Bürgerhaus fanden des öfteren Konzerte, Tanzveranstaltungen, manchmal sogar Theateraufführungen irgendwelcher Gastensembles statt.
Erleichtert nahm ich zur Kenntnis, daß Kristinas Gedanken ausschließlich um den albernen Konzertabend kreisten. So blieb mir wenigstens eine Unterhaltung über die bevorstehende Fuchsjagd erspart.

Dann kam das Wochenende, an dem die Jugendjagd stattfinden sollte, und ich bemühte mich, nicht daran zu denken. Pausenlos rollten Pferdetransporter die schmale Straße an unserem Hof vorbei in Richtung Drachenhof. Das Wetter war einfach großartig, sonnig, nachdem sich die Morgennebel verzogen hatten, kühl, aber ganz windstill, also angenehm erfrischend für Roß und Reiter.
Am Abend nach der Jagd kam Kristina außer Atem in mein Zimmer, um mich zu fragen, ob ich mit in den nächsten Ort fahren wolle, wo in einer urigen Gastwirtschaft das Jagdgericht stattfinden sollte.
»Meine Eltern kommen auch mit. Wir essen dann gleich dort. Papa würde dich einladen«, verkündete Kristina.
Eine nette Geste von Ernst-Rüdiger! Aber ich lehnte ab.

Ich wollte einfach nicht ans Reiten erinnert werden. Seufzend machte sich Kristina allein auf den Weg nach unten.
Ich schluchzte noch eine Weile in mein Kopfkissen und holte dann mein Fotoalbum hervor, um die Bilder von Diamant zu betrachten. Danach war mir noch trauriger zumute.

Auch die nächste Woche verging. Am ersten Novembersonntag sollte die große Fuchsjagd stattfinden, am Samstagabend davor – das Konzert.
Gegen Mittag jenes denkwürdigen Tages tauchte Osvaldo Bottoni in seinem klapprigen Vehikel auf, um sich gemeinsam mit Frau Simon einzusingen. Dann brausten die beiden davon, vielleicht um eine Art Generalprobe mit dem Pianisten, der sie begleiten sollte, abzuhalten.
»Julia, kannst du Papa zum Kaffee rufen?« bat Mama mich.
Widerwillig löste ich mich von der Fensterscheibe, an der ich mir die Nase plattgedrückt hatte, um Osvaldos und Mutter Simons Abgang zu beobachten.
»Sag ihm, daß es frischen Streuselkuchen gibt«, trug Mama mir noch auf.
In Papas Arbeitszimmer war alles still, kein Geräusch zu hören. Die Schreibmaschine hatte den ganzen Tag noch nicht geklappert.
Ich klopfte an die Tür. Keine Antwort. Ich klopfte noch einmal. Leidvolles Stöhnen war die einzige Reaktion.
Jetzt öffnete ich dieTür. Der Raum lag im Dämmerlicht. Papa hatte die Vorhänge zugezogen, und das fahle Licht des Novembernachmittags tauchte das Zimmer in schattiges Grau. Papa lag auf der kleinen Couch neben seinem Schreibtisch, auf der er sich gern ausstreckte, um schöpferische und sonstige Pausen einzulegen. Seine Augen waren geschlossen. Um auf sich aufmerksam zu machen, stöhnte er noch einmal. Da-

zu schielte er kurz aus einem Auge zu mir hin, beeilte sich aber, es wieder zu schließen, als ich näher kam.
»Papa, du sollst Kaffee trinken kommen«, bestellte ich ihm.
Mit matter, sehr matter Geste winkte er ab.
»Es gibt Streuselkuchen und Gebäck«, lockte ich.
Ich sah, wie er mit sich kämpfte.
»Ich bin krank«, flüsterte er jedoch heiser.
Obwohl ich grinsen mußte, zwang ich mich, ernst zu bleiben.
»Soll ich Mama rufen oder gleich einen Arzt?« fragte ich mit heuchlerischer Besorgnis.
Papa überlegte. »Ruf Mama«, bat er dann und stöhnte noch einmal eindrucksvoll.
Nach kurzem Überlegen ging ich zur Tür und rief durchdringend nach meiner Mutter. »Papa hat Migräne, weil er das Konzert schwänzen will!« behauptete ich frech.
In meinem Rücken schoß Papa beleidigt senkrecht in die Höhe. »Was soll das heißen?« fragte er mit grimmig gefurchter Stirn.
Jetzt tauchte auch Mama auf.
»Los, Ernst, komm, der Kuchen ist ganz frisch«, sagte sie nur und fügte, bereits im Weggehen, hinzu: »Deinen dunklen Anzug habe ich aus der Reinigung geholt, ein weißes Hemd liegt bereit, und ich empfehle dir, die hübsche dunkle Seidenkrawatte mit den winzigen Tulpen anzuziehen, die Julia dir letztes Jahr zu Weihnachten geschenkt hat.«

»Und paß auf, daß du nicht wieder blaue Socken zu dem schwarzen Anzug erwischst«, mahnte ich, bemüht, Mamas Tonfall nachzuahmen.

»Unverschämtheit!« ereiferte sich Papa. »Muß ich mir das gefallen lassen? Meine Frau ignoriert meinen wahrhaft besorgniserregenden Zustand, und meine Tochter benimmt sich respektlos und wagt es, sich über ihren eigenen, einzigen Vater lustig zu machen!«
Zehn Minuten später erschien er am Kaffeetisch und verputzte mit leidvoller Miene, unter Seufzen und Ächzen immerhin drei große Stücke Streuselkuchen.

»Laß es dir schmecken«, empfahl Mama nachsichtig und liebevoll. »Aber versuch bitte nicht, dich später mit einem verkorksten Magen aus der Affäre zu ziehen.«
Sie kannte Papas Tricks ja zur Genüge!
Später zogen wir uns um. Fein und festlich wollten wir dem kulturellen Ereignis, das uns bevorstand, beiwohnen.
»Wir werden hoffnungslos overdressed sein«, knurrte ich zwar. Aber auch mir machte es Spaß, einmal etwas Besonderes anzuziehen.
Papa schlüpfte unter heftigem Murren und Knurren in seinen schwarzen Anzug. Dann verkündete er, leider seine schwarzen Schuhe nicht finden zu können, und machte Anstalten, sich wieder auszuziehen.
Mama fischte die Schuhe unter seinem Sofa im Arbeitszimmer hervor und hielt sie ihm unter die Nase.
»Schlecht versteckt«, kommentierte ich.
Kurz darauf zeigte Papa uns einen großen undefinierbaren Fleck auf seinem frischgewaschenen weißen Hemd.
Schweigend nahm Mama ein anderes aus dem Schrank. Papa kaute mürrisch auf seiner Unterlippe.
Währenddessen versuchte ich, irgend etwas aus meinen langen Haaren zu machen, einen Knoten oder eine vornehme Banane … Aber nichts gelang. Als ich kurz davor war, die

Bürste gegen den Spiegel zu werfen, tauchte Kristina in meinem Zimmer auf – barfuß, in Unterwäsche, einen Berg von Blusen, Hosen und Röcken überm Arm.
Sie warf alles auf mein Bett und forderte atemlos: »Sag mir, was ich anziehen soll.«
»Wenn du mir sagst, wie ich meine bescheuerten Haare in den Griff bekomme«, erwiderte ich verzweifelt.
Kristina zupfte an meinen Haaren herum, überlegte und schlug vor: »Soll ich dir einen französischen Zopf flechten?«
Das war eine prima Idee!
Ich nickte.
Kristina ging sofort ans Werk.
»Sollen wir uns auch schminken?« fragte sie dann. Sie tuschte sich öfter mal die Wimpern, aber ich hatte mich bisher von Make-up gänzlich ferngehalten.
»Sieht das nicht zu aufgetakelt aus?« fragte ich skeptisch.
»Nein – wir machen's dezent! Ich kann das, ich hab' schon öfter mal was ausprobiert.«
Wir gingen also daran, unseren Gesichtern ein strahlendes und verführerisches Aussehen zu verleihen.
Als Mama ins Zimmer platzte, bereits im kleinen Schwarzen und geschmückt mit einer wunderschönen Perlenkette, war Kristina immer noch nicht angezogen, und ich versuchte gerade, mein rechtes Auge genauso hinzubekommen, wie Kristina das linke angemalt hatte.
»Großer Gott, was treibt ihr nur?« wollte Mama wissen und schaute entsetzt auf den Kleiderberg auf meinem Bett.
»Kristina, willst du so ins Konzert gehen?«
»Ich will überhaupt nicht hingehen«, stellte Kristina klar.
»Jedenfalls solltest du dich anziehen«, empfahl Mama. »Wir wollen gleich … Herrje, jetzt klingelt es auch noch! Das wird sicher der Admiral sein.«

Wir hatten unserem Nachbarn aus Nummer fünf, jenem kauzigen pensionierten Richter, den alle nur den »Admiral« nannten, angeboten, ihn mit ins Konzert zu nehmen.
»Ja, ich befürchte, wir sind es unserer verehrten Nachbarin schuldig, ihrem ersten Konzert beizuwohnen«, hatte der Admiral ebenso galant wie bedauernd festgestellt und dankend hinzugefügt, daß er gern mit uns fahren wolle. Die Familie Bleibtreu aus Nummer sechs wollte sich das Theater nicht antun, dafür aber die Zwillinge hüten, die Tante Patricia dort abgegeben hatte.
Ob die seltsamen Nachbarn aus Nummer zwei kommen würden, wußten wir nicht. Wir wußten überhaupt kaum etwas von ihnen, außer eben, daß sie seltsam waren. Drei Frauen und zwei Männer, die das Haus in einer Wohngemeinschaft bewohnten. »Die spinnen alle«, behauptete Kristina.
Und die Zwillinge, die schon öfter an den Fensterscheiben gelauert und die Zugezogenen bespitzelt hatten, erklärten einmütig: »Die sind stinklangweilig. Der eine sitzt nur immer mit irrem Blick da und glotzt an die Decke.« Sie führten gleich vor, wie das aussah. »Und er hat 'nen Füller hinterm Ohr«, wußten sie weiter zu berichten.
»Und die Frau mit den langen schwarzen Haaren ist eine Hexe«, hatten sie außerdem herausgefunden. »Die hat eine schwarze Katze und legt dauernd Karten und so.«
Dann war da noch ein junges Pärchen, das angeblich den ganzen Tag nichts anderes machte, als in einem vollkommen leer stehenden Zimmer zu tanzen.
Und die dritte Frau war uralt, saß den ganzen Tag am Fenster, strickte, sprach mit sich selbst und kicherte dazu.
»Wahrscheinlich die Oma von dem, der nur in die Luft starrt«, behauptete Kristina. »Beide ticken nicht richtig. So was vererbt sich manchmal.«

Während Mama den Admiral ins Haus bat, wandten Kristina und ich uns wieder der Kleiderfrage zu.
Wir berieten hin und her.
Schließlich entschloß sich Kristina für eine schmal geschnittene schwarze Hose, einen knallroten Body und eine Bolerojacke aus schwarzem Samt.
»Todschick«, kommentierte ich. »Ich wußte gar nicht, daß du so schöne Sachen hast.«
Dagegen kam ich mir in meinem schlicht geschnittenen blauen Nickykleid mit dem gleichfarbigen Gürtel richtig langweilig und fade vor.
»Julia! Kristina!« ertönte da Mamas ungeduldige Stimme. »Seid ihr immer noch nicht fertig?«
»Doch, wir kommen!«
Nacheinander trappelten wir die Treppe hinunter und rannten ins Wohnzimmer. Dort stolperte Kristina über Whiskey, der mitten im Weg lag, und schlug der Länge nach hin, direkt vor die Füße des Admirals.
Der erhob sich und reichte Kristina hilfreich die Hand. »Ich hoffe, Sie haben sich nicht verletzt«, sagte er mit seiner leisen, irgendwie unwirklich klingenden sanften Stimme.
Mir war es ein Rätsel, wie er bei dem Anblick, der sich ihm bot, ruhig und ernsthaft bleiben konnte. Ich hatte Mühe, mir das Lachen zu verbeißen.
Wenig elegant rappelte Kristina sich auf und errötete. Hastig ließ sie des Admirals Hand los.
»Guten Abend«, sagte sie dann, packte die Hand unseres Nachbarn erneut und schüttelte sie kräftig durch. Auch ich beeilte mich, den Admiral zu begrüßen.
Er sah nicht ganz so seltsam aus wie sonst, wenn er auf seinem Pferd Josefine unterwegs war. Der Dreispitz fehlte nämlich. Aber er trug einen eigenartig geschnittenen Anzug mit

weißer Hose und marineblauem Jackett mit goldenen Knöpfen, dazu weiße Schuhe.
»Kristina, wir fahren los. Kommt ihr nach?« wandte Mama sich an meine Cousine.
Kristina nickte und rannte die Treppe hinunter.
Papa bot dem Admiral einen Cognac an und tat so, als hätte er Mamas Worte überhört. Er versuchte, mit dem alten Herrn ins Gespräch zu kommen.
»Ernst«, erinnerte Mama streng, »es wird Zeit.«
»Nur noch einen Cognac«, versuchte er Zeit zu schinden.
»Das Konzert beginnt in einer halben Stunde«, drängte Mama. Sie wurde allmählich ungeduldig.
»Eben«, bestätigte Papa. »Und was halten Sie von den heutigen Moralbegriffen?« wandte er sich übergangslos an den Admiral.
»Ernst, wir fahren«, bestimmte Mama, klaubte Papas Jackett auf, weil er es sonst sicher vergessen hätte und noch einmal zurückgefahren wäre, angeblich, um es zu holen. Dann hätte er es nicht finden können, und …
Gemeinsam brachen wir auf. Kristinas Eltern zankten sich im Flur. Tante Patricia war gekleidet, als wollte sie einer Gala-Aufführung an der Mailänder Scala beiwohnen: bodenlanges, sehr hoch geschlitztes, schmales schwarzes Seidenkleid, dazu ein breiter, mit funkelnden Straßsteinen besetzter Gürtel und silberfarbene Sandaletten mit ungefähr zehn Zentimeter hohen Absätzen. An ihren Ohrläppchen baumelten gigantische Straßgehänge, um den Hals trug sie eine dazu passende Kette.
Neben ihr stand Ernst-Rüdiger mit gequälter Miene. Als ich ihn betrachtete, wurde mir klar, weshalb seine Frau mit ihm herumstritt. Ernst-Rüdiger hatte sich in seine engsten Bluejeans gequetscht.

Er trug zwar ein weißes Hemd, dazu aber die verrückteste Krawatte, die ich jemals gesehen hatte. Wilde Muster in den grellsten aller Farben tanzten darauf durcheinander. Statt einer Jacke hatte er einen Pullover in verschiedenen Lilatönen lässig über dem Arm. Und an den Füßen, als I-Tüpfelchen: weiße Turnschuhe.
»Unmöglich«, entfuhr es Papa. Die Adern an seinem Hals schwollen an.
»Laßt uns doch bitte endlich fahren«, bat Kristina, der die Streiterei ihrer Eltern unangenehm war.
Wir verließen zusammen das Haus. Unsere Väter holten die Autos aus der Garage. Mama erzählte von Papas Schikanen, Tante Patricia beschwerte sich über Ernst-Rüdigers Outfit. Dabei fand sie seine Jeans und die engen T-Shirts normalerweise unheimlich attraktiv.
Endlich ging es dann los. Die Stimmung in unserem Auto war einigermaßen entspannt. Papa genoß es so, Ernst-Rüdiger in Fragen des Geschmacks und der Bildung haushoch überlegen zu sein, daß er eine Art von selbstgefälliger Zufriedenheit ausstrahlte. Mama war erleichtert, weil es endlich losging, der Admiral schwieg vor sich hin. Ich schielte zu ihm hinüber. Sein Kinn ruhte auf der Brust, und er hatte die Augen geschlossen. Wahrscheinlich versuchte er, Kraft für die nächsten eineinhalb Stunden zu tanken.
Vor dem »Haus des Bürgers« herrschte unerwartet reger Verkehr. Es war direkt schwierig, auf dem Parkplatz hinter dem Gebäude noch eine Lücke zu ergattern. Eine Menge Menschen strebten dem Eingang zu. Manche waren sehr elegant und festlich gekleidet, andere sahen aus, als hätten sie ihre Alltagsklamotten vor dem Waschen noch mal schnell aus der Maschine gezerrt. Alles in allem war ich mit dem Aussehen meiner Eltern sehr zufrieden.

Die Karten hatte Mama bereits in der Tasche. Sie hatte auch für den Admiral eine vorbestellt, so daß wir vier zusammensitzen würden. Unsere Plätze befanden sich in der dritten Reihe, etwa in der Mitte. Kristina und ihre Eltern waren in Reihe fünf gelandet.

»Hättest du nicht Plätze in der letzten Reihe nehmen können, möglichst weit weg von der Bühne?« fragte Papa, aufs neue schlecht gelaunt.

»Die waren wahrscheinlich schon ausverkauft«, scherzte ich böse.

Papa ließ sich auf seinen Stuhl plumpsen und starrte muffig auf den Flügel, der einsam auf der Bühne stand. Um uns herum schwirrten Stimmen; es klang, als befänden wir uns mitten in einem Bienenschwarm.

»Hallo, Julia!« rief Kristina mir zu und winkte.

Ich winkte zurück. »Hast du ein Programm?«

»Nein, du?«

»Nein! Sollen wir eins holen gehen?«

»Zwei«, bestimmte Kristina.

Ich machte Anstalten, mich noch einmal an den vielen Knien vorbei durch die Reihen zu quetschen.

»Laß mich gehen«, bot Papa überraschend eifrig an.

»Kommt nicht in Frage, Julia kann gehen«, widersprach Mama, die sicher befürchtete, daß Papa sich auf Nimmerwiedersehen verdrücken wollte.

Also strebte ich dem kleinen Foyer zu, das diesen Namen kaum verdiente. Immerhin konnte man dort Sekt und Häppchen erstehen und an kleinen Stehtischchen verputzen. Eine ältere, würdevoll aussehende Dame stand da und verkaufte Programmhefte, eine Mark das Stück.

Kristina und ich nahmen jeder eins und blätterten wild darin. Zuerst wurde Frau Simon vorgestellt, dann Osvaldo Bottoni,

dann der Pianist, danach gab es einen Überblick übers Programm und anschließend eine Reihe kurzer Inhaltsangaben der Opern, aus denen all die Arien und Duette stammten.
»Hab' ich alles noch nie gehört«, stellte Kristina fest.
Ich überflog die einzelnen Programmpunkte. Die beiden wollten mit einem Duett aus »Lucia di Lammermoor« beginnen, gefolgt von einer Sopranarie aus dieser Oper, wiederum gefolgt von einer Tenorarie. Dann ein Duett aus einer anderen Oper, zwei Arien und so immer fort, ganz ausgeglichen. Ich bemerkte, daß die beiden Sänger sich einiges zutrauten.
»Das Programm wäre toll, wenn die beiden nicht so gräßlich wären«, fand ich.
»Es wäre auch dann nicht toll«, behauptete Kristina. »Nie versteht man was, alles ist Italienisch, und selbst wenn's Deutsch ist, versteht man kein Wort. Frau Simons Stimme klingt wie die Bremsen vom Orientexpress.«
»Ich glaube, es geht los«, fiel ich ihr ins letzte Wort.
Tatsächlich. Beifall erklang.
»Gehen wir rein, oder hauen wir ab?« fragte Kristina. Ihrer Stimme war unschwer anzuhören, daß sie die zweite Möglichkeit vorgezogen hätte.
Auch ich spielte sekundenlang mit diesem Gedanken. Dann kam Papa aus dem Saal geweht, die Entrüstung deutlich auf seine Stirn gemalt.
»Wo bleibst du?« fragte er herrisch. Er wollte auf keinen Fall bleiben und leiden müssen, wenn ich die Möglichkeit hatte, mich zu verdrücken.
Wenn ich ihm jetzt vorgeschlagen hätte, einfach zu verschwinden, er hätte ja gesagt.
Statt dessen gingen wir gemeinsam zurück, drückten uns mit vielen Entschuldigungen erneut an der applaudierenden Menge vorbei und erreichten glücklich wieder unsere Plätze.

»Pah, jetzt klatscht ihr noch, ihr ahnungslosen Martinsgänse«, zischte Papa verächtlich.
Auf der Bühne standen Frau Simon, Osvaldo und ein junger Mann im schwarzen Frack und mit langer Haarmähne, der ein nervöses Zucken im Gesicht hatte. Offenbar der Pianist. Frau Simon, die in einem pinkfarbenen Gewand mit unglaublich vielen Pailletten und Federchen steckte, strahlte in die Menge und verteilte Kußhändchen.
»Sieht aus wie eine Henne«, kommentierte Papa. Er klatschte natürlich nicht.
Osvaldo trug einen dunklen Frack und eine wichtige Miene zur Schau, streckte seinen Spitzbauch vor und hob ab und zu die Arme, so als wollte er huldvoll den Applaus abwehren. Im Gesicht des Pianisten zuckte es noch wilder, als er zum Flügel ging und, auf der kleinen Bank Platz nehmend, mit geschickter Bewegung die Frackschöße nach hinten schleuderte, die hinter der Bank wieder herunterklappten.
Osvaldo wandte sich Trudella zu. Die knickste vor ihm und kippte dabei fast um, so daß Osvaldo sie auffangen und wieder auf die Füße stellen mußte.
Der Pianist hackte wild und wütend auf die Tasten ein, brach jedoch abrupt ab, als er sah, wie die beiden Sänger um ihr Gleichgewicht kämpften.
Als beide festen Fußes dastanden, legte er von neuem los. Jetzt der Einsatz.
Osvaldo breitete die Arme aus und begann zu singen. Trudella versuchte, mädchenhaft-hold zu lächeln, verschränkte die Hände unterm Kinn und klapperte mit ihren falschen Wimpern. Sie sah unheimlich albern aus.
Dann sang sie den ersten Ton. Sogar das unvermeidliche Hüsteln und Füßescharren verstummte augenblicklich.
Schreckensstarr schauten alle zur Bühne.

»Nein, nein, sie hat keine Schmerzen, es klingt immer so«, sagte Papa hämisch und erschreckend laut.
Während der nächsten Minuten verließ etwa ein Viertel der Zuhörer den Saal. Während der Pause verdrückte sich dann noch mal gut ein Viertel, so daß die Reihen mehr als deutlich gelichtet waren, als nach der Pause die sechs letzten Programmpunkte in Angriff genommen wurden. Wir Drachenhöfler hielten eisern durch. Der Admiral war so schlau gewesen, sich Ohrstöpsel mitzubringen. Er hatte die Augen geschlossen, die Hände über seinem kleinen Kugelbäuchlein verschränkt und sah aus, als lausche er weltvergessen und entrückt der Musik. Ich persönlich vermutete, daß er ein Schläfchen machte.
Papa litt und ließ dabei bissige Bemerkungen vom Stapel. Mama zischte ihm dauernd zu, er solle doch endlich den Mund halten.
Es gab wohl keinen im Saal, der nicht erleichtert war, als nach Osvaldos letzter Arie der Vorhang fiel. Alle sprangen von den Sitzen. Einige flüchteten sofort, andere klatschten zweimal dürftig in die Hände und waren erleichtert, als der Strom der Hinauseilenden sie mitriß. Die einzige, die wild applaudierte, war Clarissa. Vielleicht weil sie dankbar war, es überstanden zu haben.
Irgend jemand brachte einen großen Korb mit Blumen auf die Bühne. Den hatte wohl Osvaldo für seine Partnerin bestellt. Clarissa warf einige Blumenstengel, die Osvaldo aufhob und Trudella überreichte.
»Zugabe! Zugabe!« schrie irgend jemand, der sicher gut dafür bezahlt worden war.
»Laßt uns verschwinden«, verlangte Papa.
Wir mußten erst den Admiral wecken, der tatsächlich eingeschlafen war.

Draußen im Foyer stießen wir auf Ernst-Rüdiger, der seine Krawatte ausgezogen hatte und ein kühles Bierchen zischte. Sekt war wohl nicht nach seinem Geschmack.
»So eine Frechheit!« hörten wir Frau Simon zetern. »Wohin rennen die denn alle?«
»Banausen«, rief Osvaldo mit viel Tremolo in der Stimme.
»Sofort zurückkommen!« schrie Frau Simon jetzt. Als ich mich umdrehte und durch den offenen Durchgang noch einmal zur Bühne hinschaute, sah ich, wie sie mit dem Fuß aufstampfte und ihr dabei der Absatz vom Schuh abbrach. Mit lautem Kreischen stürzte sie zu Boden. Augenrollend gesellte ich mich zu den anderen. Es war überstanden!

Heimweh nach den Pferden

»Ich brauche unbedingt eine neue Reithose«, erklärte Kristina etwa zwei Wochen nach dem Konzert. »Meine alte Winterhose ist schon dreimal am Hosenboden aufgeplatzt, und außerdem zwickt sie am Bund.«
Wir saßen im Schulbus, befanden uns auf dem Nachhauseweg. Ich schielte zu Kristina hinüber. Weshalb erzählte sie mir das alles?
»Warum kommst du nicht mit?« fragte sie jetzt und ließ so die Katze aus dem Sack.
»Warum sollte ich?« knurrte ich abweisend.
»Weil es immer witzig ist, im Reiterladen einzukaufen«, behauptete Kristina. »Anschließend gehen wir ins Café. Ich lade dich ein.«
»Brauchst du nicht.«
»Möchte ich aber.«
»Sollst du aber nicht.«

»Doch. Wir essen Torte oder Eis oder trinken heiße Schokolade. Oder alles zusammen. Was ist? Kommst du mit?«
Zuerst wollte ich noch einmal abwehren, wild und trotzig den Kopf schütteln. Aber ich bremste mich und stellte nach einigen Sekunden des Nachdenkens fest, daß ich tatsächlich gern mitgehen würde.
»Das Café reizt mich schon«, brummte ich.
»Na also!« frohlockte Kristina. »Und das andere wirst du auch überleben.«
Ich schielte zu ihr hin. Natürlich ahnte ich, worauf sie hinaus wollte. Ich sollte endlich wieder mit Pferden und anderen Reitern in Kontakt kommen.
Meine Cousine wollte mich unbedingt von neuem für mein Lieblingshobby begeistern.
»Ich fahre heute nachmittag mit Kristina in die Stadt«, verkündete ich beim Mittagessen.
Papa, der gerade damit beschäftigt war, jeden einzelnen Bestandteil seines Pichelsteiner Eintopfs aufs genaueste zu untersuchen, sah kurz auf.
»Weshalb?« fragte er knapp.
»Was meinst du? Weshalb nicht?« fragte ich zurück.
Papa kratzte auf einigen Gewürzstengelchen herum. Es gab ein unangenehm quietschendes Geräusch. Whiskey spitzte die Ohren, sprang auf und stellte sich mit beiden Vorderbeinen auf Papas Oberschenkel.
»Weg mit dir, du Ungeheuer!« verlangte Papa, hob seinen Teller hoch und versuchte, ihn über seinem Kopf zu balancieren. Der Teller kippte leicht zur Seite.
»Ernst!« schrie Mama, doch da tropfte es schon.
Mit einigen wilden Flüchen jagte Papa den Hund davon, donnerte den Teller auf den Tisch und schoß aus dem Zimmer, um im Bad sein verunstaltetes Haar zu reinigen.

»Was habt ihr denn vor, Kristina und du?« erkundigte Mama sich beiläufig.
Whiskey und Carina schlabberten Pichelsteiner vom Boden auf. Inzwischen kam auch Papa zurück, mit finsterer Miene, und ich mußte antworten.
»Kristina will in den Reiterladen, und da fahre ich eben mit – um Gesellschaft zu leisten und als Beraterin«, erläuterte ich.
»Ach, in den Reiterladen! Wie schön«, fand Mama und lächelte erfreut.
Papa sah eher noch zerknitterter aus und warf uns böse Blicke zu. Als wir diese Blicke ignorierten, meckerte er lautstark: »Die Kartoffeln sind hart! Liegt das an der Sorte oder an deinem Rezept?«
»Weder noch«, versetzte Mama kühl und wandte sich gleich wieder mir zu. Papa kaute an seiner Unterlippe.
Er kam sich vernachlässigt vor. »Reiterladen«, stieß er hervor. »So ein Unfug! Wieviel von meinem mühsam verdienten Geld willst du denn diesmal dort lassen?«
»Ich kaufe überhaupt nichts«, betonte ich. »Ich fahre ja nur mit Kristina mit.«
Für mich ist die Reiterei gegessen, ein für allemal, dachte ich noch, ein wenig rebellisch, aber vor allem sehr, sehr traurig.

»Wie schade«, meinte Mama jetzt. »Dabei dachten wir eigentlich, dein Vater und ich, daß wir dir zu Weihnachten vielleicht Lederreitstiefel schenken könnten.«
Mein Vater machte ein so erstauntes Gesicht, daß ich sofort wußte: Er hatte keinen Gedanken an ein solches Geschenk verschwendet.

Lederstiefel! Wie sehr hatte ich mir die immer gewünscht! Und jetzt ...
»Zu spät«, sagte ich leise, aber dramatisch.
»Ach wo«, meinte Mama fröhlich und schwungvoll, »du kannst ja auf jeden Fall mal welche anprobieren. Dann werden wir schon sehen.«
Für Sekunden mußte ich wirklich mit mir kämpfen.
Beinahe wäre die Verlockung zu groß gewesen. Doch mein Trotz siegte. Heftig schüttelte ich den Kopf und preßte mit zusammengebissenen Zähnen ein reichlich aggressives »Nein!« hervor.
Mama seufzte enttäuscht, Papa betrachtete mich mit sichtlichem Wohlwollen.
Ich hatte eine Wut auf alle beide.
Und vor allem auf mich ...
Später dann holte Kristina mich ab, und wir schlenderten gemeinsam zur Bushaltestelle. Das Wetter war nicht eben vielversprechend, kühl und feucht. Der Himmel schien beinahe bis auf die Erde zu hängen. Obwohl es nicht regnete, fühlte sich alles klamm an.
»Novemberwetter, wie's typischer nicht sein kann«, fand Kristina. »Brrr, ich wünschte, es wäre schon wieder Frühling.«
»Erst mal kommt Weihnachten«, bremste ich sie. »Weihnachten möchte ich nicht überspringen.« Die Adventszeit war für mich mit die schönste Zeit im Jahr.
»Stimmt«, gab Kristina mir recht, »darauf freue ich mich auch. Und aufs Weihnachtsturnier und das Weihnachtsreiten. Wir haben letzte Woche mit den Proben angefangen. Ich nehme an zwei Quadrillen teil. Ist das nicht prima?«
»Ja, toll«, antwortete ich einsilbig.
Eine einsame Gestalt bewegte sich den Weg entlang auf uns zu. Wir sahen genauer hin. Es war eine Frau in mittleren Jah-

ren, mit wehendem schwarzem Haar und kohlschwarz angemalten Augen. Sie trug einen langen, weiten Rock und darüber einen offenstehenden, ebenfalls langen und weiten Mantel, der im Herbstwind flatterte. An ihren Ohren baumelten riesige goldene Ohrringe, und an jedem Finger trug sie mindestens einen Ring.

»Das muß die Hexe aus Nummer zwei sein«, raunte Kristina mir zu. Wir starrten der neuen Nachbarin entgegen und lachten aufgeregt.

»Guten Tag«, grüßte die Frau, als sie uns erreicht hatte. »Wißt ihr, ob der Bus bald kommen wird?«

Sie rollte das R ziemlich stark und versuchte, ihrer Stimme einen geheimnisvollen Unterton zu verleihen. Es klang, als bemühe sie sich, Zarah Leander zu imitieren.

»In fünf Minuten oder so«, entgegnete ich, weil Kristina nur starrte und zu keiner Antwort fähig war.

»Danke!« Die Dunkelhaarige sah uns lange aus ihren schwarzumrandeten Augen an.

Irgendwie erwartete ich, daß sie sich gleich auf einen Besen schwingen und durch die Lüfte davonreiten würde. Aber sie enttäuschte mich und wartete, wie jeder Normalsterbliche ohne Auto, auf den Bus. Dazu hatte sie nicht mal gewußt, wann er kommen würde. Hellseherische Fähigkeiten schien sie also nicht zu besitzen.

»Wohnt ihr nicht in Nummer vier?« fragte sie uns jetzt und sah uns weiter durchdringend an.

Ich nickte. Kristina neben mir war noch immer zu keiner Reaktion fähig.

»Ich wohne in Nummer zwei«, sagte die Fremde jetzt, »gemeinsam mit meinen Freunden.«

»Gehört das Haus Ihnen?« fragte ich, um höflich zu sein, und auch, weil ich neugierig war.

»Nein, es gehört Hans Schmidt. Doktor Hans Schmidt.«
Das mußte entweder der Eintänzer sein oder der, der an die Decke starrte.
»Ein Arzt?« wollte ich wissen.
»Philosoph«, sagte die Hexe geheimnisvoll.
Also wohl doch der mit dem Füller hinterm Ohr.
»Er ist reicher Eltern Kind«, flüsterte die Hexe nun und malte mit beiden Armen unverständliche Zeichen in die Luft, »doch er leidet unter ihrem Reichtum. Er hat sich immer distanziert, wollte anders sein, besser, einzigartig …«
Das klang, fand ich, ziemlich verdreht.
»Und dann«, sagte die Schwarzhaarige dramatisch, »passierte das Unglück: Seine Eltern starben.«
»Oh, wie traurig«, murmelte ich.
»Mein Beileid«, rutschte es Kristina ziemlich unpassend heraus – es ging ja nicht um die Eltern der Hexe. Aber immerhin hatte meine Cousine ihre Sprache wiedergefunden.
»Das war nicht das Schlimmste«, fuhr die Hexe fort, »sondern, daß Hans ihr gesamtes Vermögen erbte.«
»So ein Pech«, meinte ich trocken.
»Eine Tragödie. Er verabscheute den Reichtum.«
Aber offenbar schaffte es der Bedauernswerte, sich mit seinen ererbten Millionen irgendwie zu arrangieren …
»Seitdem hat er sich ganz dem Denken gewidmet. Und er kaufte mehrere Häuser, in denen er seine zahlreichen Freunde unterbrachte. Er hat ein großes Herz.«
Das schien mir auch so. Sicher war auch seine Freundesschar explosionsartig angewachsen, als Dr. Schmidt das viele Geld in die Hand bekam und großzügig auszustreuen begann.
»Und wie heißen Sie?« fragte Kristina jetzt mutig.
Die Hexe lächelte mit hochgezogenen Mundwinkeln und halbgeschlossenen Lidern.

»Esmeralda«, antwortete sie.
Ja, das paßte gut ins Bild.
»Und wie noch?« fragte Kristina penetrant.
»Nur Esmeralda.«
»Und was machen Sie so?«
»Ich sehe in die Zukunft. Ich sehe auch die Vergangenheit. Ich sehe alles«, behauptete Esmeralda mit einer Stimme, die plötzlich noch eine Oktave tiefer gerutscht war.
»Und ich sehe den Bus«, mischte ich mich ein. »Da kommt er gerade.«
Wir stiegen ein und setzten uns – Kristina und ich ganz nach hinten, Esmeralda ließ sich gleich vorn in der zweiten Reihe nieder.
Natürlich steckten wir sofort die Köpfe zusammen, um über sie zu tuscheln.
»Die hat doch eine Schraube locker«, meinte Kristina und tippte sich an die Stirn.
Ich zuckte mit den Schultern. »Es ist wohl eher eine Masche. Gut fürs Geschäft«, vermutete ich.
Kristina überlegte. »Jetzt kennen wir schon mal eine von der Bande. Und wissen, daß das Haus dem Doktor Schmidt gehört, der nur an die Decke starrt und unter seinem vielen Geld schrecklich leidet.«
»Eine komische Gruppe«, fand ich. »Und obwohl sie nicht reiten, passen sie doch irgendwie hierher. Überleg mal: Wir haben einen Admiral, der etwas sonderbar ist; dann die Nachtigall, unsere Kammersängerin Simon, die einfach unmöglich ist; jetzt diese Hexe und einen Philosophen, der auch nicht richtig tickt, wenn du mich fragst ...«
»Nur wir sind normal«, unterbrach mich Kristina. »Und Bleibtreus, obwohl da ständig mindestens ein Dutzend Kinder rumrennen und alles ein großes Durcheinander ist.«

Erst als wir in der Stadt ausstiegen und dem Reiterladen zustrebten, wechselten wir das Thema. Kristina begann, von Pferden und vom Reiten zu sprechen.
Eigentlich wollte ich sie unterbrechen, abwürgen, ihr deutlich machen, daß ich keine Lust hatte, mir ihr endloses Gerede über Pferde anzuhören. Aber ich brachte es nicht fertig. Wahrscheinlich wollte ich in Wirklichkeit sogar mit Neuigkeiten und Reitstallgeschichten versorgt werden, wollte informiert werden, auf dem laufenden bleiben, was meine Freunde und die Pferde des Drachenhofs anbelangte.
So plauderte Kristina munter über das bevorstehende Weihnachtsreiten, die einzelnen Programmpunkte, die ersten Trainingsstunden. »Aufs Turnier freue ich mich auch«, behauptete sie, »obwohl ich dieses Jahr nicht teilnehmen kann. Ich habe ja Leistungsklasse sechs.«
Die habe ich auch, dachte ich.
»Und nächstes Jahr mache ich das Bronzene Abzeichen. Das für Leistungsklasse fünf«, erzählte Kristina.
Jetzt wurde ich hellhörig. »Ach, finden auf Drachenhof wieder Prüfungen statt?«
»Bei uns nicht, erst übernächstes Jahr wieder. Aber in irgendeinem anderen Verein bestimmt.«
»Wozu brauchst du eine höhere Leistungsklasse? Willst du gleich L reiten?« fragte ich überrascht.
»Nein, ich reite mit sechs weiter. Aber das Abzeichen will ich schon mal machen. Und dann, übernächste Saison …« Kristinas Augen leuchteten, ihre Wangen glühten. »Es muß doch wahnsinnig toll sein, eine L-Dressur zu reiten! Glaubst du nicht?«
»Wenn man's kann«, murmelte ich skeptisch. Außerdem hätte mich ein L-Springen viel mehr gereizt.
Ein Springen auf Diamant …

Bei diesem Gedanken füllten sich meine Augen mit Tränen. Ach, noch einmal ein Springen auf Diamant reiten zu dürfen! Dieser Wunsch würde nie in Erfüllung gehen ...
Kristina, die bemerkte, daß ich dabei war, mich wieder in mein Schneckenhaus zurückzuziehen, wechselte eilig das Thema.
»Ob ich eine Cordhose nehmen soll?« fragte sie mich. »Im Winter finde ich die Reithosen aus Cord so angenehm – so warm und irgendwie gemütlich.«
Ich besaß außer meiner hellen Turnierhose nur eine Reithose aus mitteldickem Stoff, die ich im Sommer und im Winter tragen mußte. Im Sommer schwitzte ich dann meistens, und im Winter fror ich, wenn ich nicht gerade im Sattel saß und konzentriert arbeitete.
Na ja, das war schließlich Vergangenheit.
Gerade als wir den Reiterladen erreichten, fielen die ersten Regentropfen. Es war erst Viertel vor vier, aber so dämmrig, als wäre es bereits Mitte Dezember. Kein Wunder, bei dem unfreundlichen, trüben Wetter.
Kristina öffnete die Ladentür, ein Bimmeln ertönte, und ich folgte ihr. Helligkeit und wohlige Wärme umfluteten uns, dazu der Geruch von Leder und nagelneuen Textilien.
Der Besitzer des Geschäfts beriet gerade zwei Kunden, die einen Sattel kaufen wollten. Seine Frau saß an einem der hohen Tische, die aussahen wie Stehtische, nur daß man hohe Hocker drumherum aufgestellt hatte, um die Sache etwas gemütlicher zu machen.
»Kennst du die?« fragte Kristina leise und deutete auf die drei Leute, in deren Gesellschaft sich die Inhaberin befand. Da war ein junger Mann in Reithose und Stiefeln, der unentwegt redete, und dann saßen da zwei Mädchen in Reithosen und Halbschuhen, die aufmerksam lauschten.

»Heiko Löwitz«, flüsterte Kristina mir zu, weil ich noch überlegen mußte, »der Springreiter.«
Jetzt war ich im Bilde.
»Sogar mit Harem«, stellte ich grinsend, aber leise fest.
Heiko Löwitz galt als einer der besten Springreiter der Umgebung, war auch schon Landesmeister gewesen und hatte sich ganz nebenbei auch einen großen Ruf als Frauenheld erworben.
Wir wurden abgelenkt, als eine junge Frau mit dunklen Haaren auf uns zusteuerte.
»Hallo, was darf's sein?« fragte sie freundlich.
»Ich brauche eine neue Reithose«, erklärte Kristina. »Ach, und meine weißen Handschuhe taugen nichts mehr, und Pferdewürfel nehme ich mit, und mein Huffett ist alle ...«
»Fangen wir mal mit der Hose an«, meinte die Verkäuferin. »Komm mit, hier rüber.«
Wir folgten ihr, obwohl wir selbst wußten, wo's langging. Wir waren schon öfter hiergewesen, meist nur um Kleinigkeiten zu kaufen. Aber hauptsächlich Kristina mit ihrem eigenen Pferd brauchte ab und zu auch mal was Größeres.
»Welche Größe brauchst du? Achtzig?« tippte die Verkäuferin, die, wie wir wußten, auf den Namen Elke hörte.
»Ja, genau. Ich brauche immer eine mit extra langem Bein«, behauptete Kristina.
»Da hängen sie – von da bis da rüber.« Elke fuhr mit einer Hand an der langen Reihe der Hosen entlang. Kristina nickte und begann sofort zu wühlen.
Schließlich zog sie sich mit mehreren Hosen in eine der Umkleidekabinen zurück. Während sie anprobierte, unterhielt ich mich mit Elke. Zwischendurch tauchte Kristina immer wieder auf, um sich zu präsentieren und unsere Meinung zu erfragen.

Ab und zu erschienen neue Kunden, kauften eine Kleinigkeit, tranken etwas, sahen sich um. Kristina konnte sich noch immer nicht entscheiden.
»Ich weiß einfach nicht, ob ich eine Hose mit Bundfalten oder eine gerade geschnittene nehmen soll«, jammerte sie. »Und ob aus Cord oder diesem schweren Winterstoff. Und was meinst du zu den Farben?«
Ich betrachtete Kristinas Auswahl. Da war eine Hose in Petrol, eine in Anthrazit, eine erdbeerfarbene und eine graublaumelierte.
»Ich finde die Erdbeerfarbene schön«, meinte ich.
»Aber die dunklen sind nicht so empfindlich«, wandte Kristina ein.
Schließlich entschied sie sich für die Graublaue, wollte aber doch lieber ein Bundfaltenmodell. Es stellte sich heraus, daß es gerade diesen Farbton bei den Bundfaltenhosen nicht gab.
»Dann Anthrazit«, meinte Kristina nach kurzem Überlegen, »aber nicht als Cordhose.«
Elke suchte eine andere Hose heraus, aus dickem, glattem Stoff.
»Oh, das sieht ja langweilig aus«, urteilte Kristina, »so trist und dunkel. Nein, dann lieber eine Cordhose, die schimmern ein bißchen, das gefällt mir.«
Sie fing erneut an zu wühlen. Elke wandte sich anderer Kundschaft zu.
Kristina belegte ihre Kabine schon seit fast einer Stunde. Allmählich wurde mir die Sache peinlich, und müde wurde ich auch vom langen Herumstehen.
Ja, wenn ich selbst mit anprobiert hätte …
Nach ewig langem Hin und Her hatte Kristina doch ihre Wahl getroffen: eine Bundfaltenhose aus Wintercord in intensiv leuchtendem Jeansblau.

»Steht dir gut zu deinen blauen Augen«, fand Elke und legte die weißen Reithandschuhe zurecht.
Während Kristina weiter aussuchte, schlenderte ich durch den Verkaufsraum und betrachtete die langen Regalreihen beziehungsweise all die herrlichen und verlockenden Artikel, die darauf aufgebaut und ausgebreitet waren.
Ich entdeckte vieles, was ich gern gekauft hätte. Mit einem Ohr lauschte ich den Gesprächen der anderen Kunden und den Reitern auf den Hockern, die ihre Einkäufe schon getätigt hatten oder nur gekommen waren, um etwas zu trinken, andere Leute zu treffen und sich über das wichtigste Thema der Welt zu unterhalten: Pferde und Reiten.
Ein seltsames Gefühl machte sich in mir breit, mehr und mehr, ohne daß ich es zunächst richtig bemerkte oder gar wahrhaben wollte.
Es war ein Gefühl wie Sehnsucht nach etwas Verlorenem – oder wie Heimweh. Heimweh, das immer stärker, immer brennender wurde. Heimweh nach unserem Stall, nach den Pferden.
»Trinken wir hier noch was?« wollte Kristina wissen, als sie ihre Einkäufe bezahlt hatte.
»Laß uns lieber ins Café gehen«, bat ich gepreßt.
Mit leisem Seufzen gab Kristina nach. Offenbar hielt sie ihre Aktion für gescheitert. Dabei hatte sich in meinem Innern einiges getan. Mein Gefühlsleben war in Unruhe geraten, es arbeitete in mir.

Mein Inneres kam nicht zur Ruhe, und die Zeit half fleißig mit. Immer öfter ertappte ich mich dabei, wie ich geradezu hoffte, daß Kristina vom Reitverein berichten würde, von den Reitstunden, den Freunden, den geliebten Vierbeinern. Manchmal lenkte ich sie selbst in die von mir gewünschte

Richtung. Irgendwann beteiligte ich mich auch, ließ Kristina nicht mehr allein reden, sondern leistete meinen Beitrag, um ein richtiges Gespräch in Gang zu halten.

»Willst du nicht mal wieder mit in den Stall kommen?« wagte Kristina eines Tages einen kühnen Vorstoß.

Natürlich wehrte ich ab und erinnerte sie daran, daß ich mir fest vorgenommen hatte, nie wieder einen Fuß in den Reitstall zu setzen.

»Aber alle würden sich freuen«, beteuerte Kristina. »Sie fragen immer nach dir. Sogar Michael. Der meinte, er würde dich vermissen, weil du immer so fleißig warst …«

»Ja, Frechheit!« schnaubte ich empört. Das sah Michael ähnlich! Er war ein alter Faulpelz und versuchte immer, das Vergnügen für sich zu behalten und den anderen die Arbeit aufzuladen.

»Auch Herr Reinhold erkundigt sich regelmäßig«, berichtete Kristina weiter.

Ich hob die Schultern und kniff die Lippen zusammen. Auf Herrn Reinhold war ich immer noch wütend.

»Wer geht denn jetzt als sechstes Pferd im Schulbetrieb?« fragte ich, um abzulenken.

»Ein neues Schulpferd ist noch nicht da. Herr Reinhold setzt abwechselnd Saskia und Dakota ein.«

»Dakota?« entfuhr es mir.

»Ja, die hat er doch als Verkaufspferd übernommen.«

»Ausgerechnet«, murmelte ich verbissen. »Die würde ich nicht reiten wollen, verzogen wie sie ist.«

»Sie hat sich ganz schön gemacht«, widersprach Kristina. »Viele Schüler mögen sie gern, lieber als Saskia, die so launisch ist. Aber wahrscheinlich bleiben beide nicht mehr lange. Dakota soll im neuen Jahr verkauft werden, und Saskia geht wohl über die Frühjahrsauktion.«

»Ich würde nie ein Pferd über eine Auktion verkaufen«, entrüstete ich mich. »Da weiß man doch gar nicht, in was für Hände es kommt.«

»Vielleicht findet sich ja vorher schon ein Käufer«, meinte Kristina beschwichtigend.

»Gehen die beiden auch beim Weihnachtsreiten mit – Saskia und Dakota?« wollte ich wissen.

»Hm, und beim Turnier. Jetzt am Wochenende.«

Ja, es war mittlerweile Dezember geworden, und der dritte Advent stand vor der Tür.

Meine Gedanken flogen zurück, um genau ein Jahr. Ich mußte wieder an mein erstes Turnier denken, an die verunglückten Starts auf Kassim und Ma Belle und an das Springen, das ich mit Diamant gewonnen hatte.

Mit meinem Diamant …

»Willst du nicht zum Zuschauen kommen?« schlug Kristina mit lockender Stimme vor.

Ich schüttelte den Kopf, abweisend, verbissen.

»Aber vielleicht – vielleicht sehe ich mir das Weihnachtsreiten an«, fügte ich nach langer Pause leise hinzu.

Nur als Zuschauer

Am nächsten Abend nach der Springstunde kam Kristina aufgeregt und mit unglaublich schmutzigen Reitstiefeln in unser Wohnzimmer getrampelt, als ich gerade mit Mama und Papa beim Fernsehen saß. Die Hunde leisteten uns Gesellschaft. Das heißt, sie hatten beide Sofas besetzt und gönnten uns nur den allernötigsten Platz.

»Du, weißt du was? Ich reite doch mit!« rief Kristina mir zu und baute sich vor dem Fernseher auf.

Carina und Whiskey wedelten mit den Schwänzen. Sie dachten aber gar nicht daran, aufzustehen, aus Angst, wir könnten uns auf ihren Sofas breitmachen.

»Wo und wann?« fragte ich, während Papa sich demonstrativ zur Seite bog, um an Kristina vorbeisehen zu können, und Mama vorwurfsvoll auf Kristinas Stiefel und die Dreckspuren auf dem Teppichboden deutete.

»Na, beim Weihnachtsturnier, jetzt am Wochenende«, antwortete Kristina grinsend.

»Quatsch«, entfuhr es mir. Ich sah sie prüfend an. »Das ist doch nur für Reiter ohne Leistungsklasse.«

»Eben nicht«, widersprach Kristina triumphierend. »Diese Regelung gilt nur für Schulreiter.«

»Und wieso das?«

»Na ja, eben um denen eine Chance zu geben, die nicht zur Turniergruppe gehören«, erklärte Kristina eifrig. »Die anderen starten im Rahmen ihrer Leistungsklassen. Ich kann also E und A reiten. Ich habe gleich nachgemeldet.«

»Ging das denn noch?«

»Na klar! Ist doch alles vereinsintern.«

»Könntet ihr euer überflüssiges Pferdegespräch anderswo fortsetzen?« mischte Papa sich in bissigem Tonfall ein.

»Und zieh bitte die Stiefel aus, Kristina«, fügte Mama nachdrücklich und streng hinzu.
»Ja, ja, schon klar.« Kristina tänzelte aus dem Zimmer. Ich folgte ihr aufreizend langsam. Ich war mir nicht einmal sicher, ob ich das Gespräch überhaupt fortsetzen wollte.
In der Küche setzten wir uns, nachdem ich zwei Gläser aus dem Schrank und eine Flasche Multivitaminsaft aus dem Kühlschrank geholt hatte.
Kristina hatte ihre Stiefel natürlich nicht ausgezogen. Sie hinterließ braune Schlammstreifen und Schmutztappen auf dem ganzen Küchenfußboden.
Toll! Den durfte ich dann sicher wieder saubermachen …
»Ich habe für die beiden Dressuren und ein Springen gemeldet«, berichtete Kristina eifrig. »Na, und da dachte ich, vielleicht möchtest du …«
Als sie abbrach, sah ich sie neugierig an.
»Ich dachte, du würdest vielleicht gern das E-Springen reiten«, fuhr Kristina mit glühenden Wangen fort.
Jetzt mußte ich schlucken. Ich starrte auf meine Cousine und wußte nicht, was ich sagen sollte.
»Hast du nicht Lust? Wäre das nicht toll?« Kristina überlegte kurz, lachte auf und meinte verlegen: »Ich weiß ja, so super springt Flip nicht. Sie reißt schon mal und verweigert auch ab und zu. Aber trotzdem macht es Spaß – oder?«
Ich wußte, daß ich darauf irgend etwas sagen mußte. Verlegen räusperte ich mich. »Ich möchte lieber nicht«, murmelte ich. Kristina ließ enttäuscht die Mundwinkel hängen.
»Weshalb nicht? Überleg es dir doch noch mal!«
Nachdrücklich schüttelte ich den Kopf. »Nein, es hätte keinen Sinn. Ich habe ewig lange auf keinem Pferd gesessen.«
»Drei Monate«, behauptete Kristina.
»Fast vier«, widersprach ich.

»Und wenn schon! Was macht das aus? Willst du es nicht wenigstens versuchen?«
»Lieber nicht«, sagte ich und wußte, daß dies mein letztes Wort war. Um Kristina nicht zu kränken, fügte ich hinzu: »Aber vielen Dank für dein Angebot. Das ist wirklich sehr lieb von dir.«
Kristina zeigte eine zerknitterte Miene. Sie gab sich Mühe, meinem Blick auszuweichen.
»Dann nicht«, sagte sie plötzlich und stand ruckartig auf.
»Kristina!« Ich wollte nicht, daß sie sich jetzt verletzt oder verärgert zurückzog. »Es kommt einfach zu plötzlich. Und es hätte wirklich keinen Sinn. Reite du! Ich werde dir ganz fest die Daumen halten.«
»Kommst du dann wenigstens zum Zuschauen?«
»Zum Weihnachtsreiten komme ich«, entgegnete ich.
»Und zum Turnier?«
»Zum Weihnachtsreiten«, wiederholte ich.
»Versprochen?« fragte Kristina.
»Ja, also gut, versprochen!«
Was ich einmal versprochen hatte, mußte ich halten. Jetzt gab es kein Zurück mehr …
Am Samstag vor dem dritten Advent fanden die Prüfungen für die Junioren statt. Die älteren Reiter würden erst am Sonntag an der Reihe sein.
Natürlich hielt ich Kristina für ein gutes Abschneiden die Daumen. Aber ich brachte es nicht über mich, zum Reitverein zu gehen und mir das Turnier anzusehen. Wieder dachte ich zurück, dachte an mein erstes und einziges Weihnachtsturnier, durchlebte im Geist noch einmal meine Ritte von damals, vor allem das Springen mit Diamant …
Als Kristina abends nach Hause kam, war ich immer noch nachdenklich und traurig.

»Wie war es?« empfing ich sie und bemühte mich, mir nichts mehr anmerken zu lassen.
»Ganz gut«, behauptete sie und warf zwei Schleifen auf mein Bett, die sie aus den Tiefen ihrer Parkataschen hervorgekramt hatte.
»Einmal Zweite und einmal Vierte«, stellte ich fest.
Kristina nickte bestätigend. »Die silberne ist für die E-Dressur, die blaue …«
»Sag' nicht, fürs Springen«, bat ich lachend.
»Nein, für die A-Dressur. Gut, was?« fragte Kristina nicht ohne Stolz.
»Super«, fand ich und spürte so etwas wie leisen Neid in mir aufsteigen.
»Das Springen war leider nicht so super«, berichtete Kristina seufzend. »Zwei Verweigerungen. Beide an der blöden Mauer, die Flip einfach nicht leiden kann. Aber kein Abwurf!«
»Wie ging's denn den anderen?« erkundigte ich mich mit einiger Überwindung.
»Unsere liebe Clarissa hat sich in allen Prüfungen gründlich blamiert«, erzählte Kristina mit spürbarer Schadenfreude. »Und deine besonderen Freundinnen Sandra und Veronika waren Zweite und Dritte im Reiterwettbewerb.«
»Die Schnepfen!« stöhnte ich.
»Ja, blöde Gänse« stimmte Kristina zu. »Dann war Sandra noch in der E-Dressur plaziert, als – warte mal, als Fünfte, auf Luxor. Und Veronika wurde sogar Vierte im E-Springen, mit Kassim.«
»Da haben sie ja ganz schön Glück gehabt bei der Auslosung«, murmelte ich.
»Stimmt. Leider«, meinte Kristina und lachte über den Anflug von Bosheit, den sie bei sich entdeckte.
»Wie gingen Saskia und Dakota?« wollte ich wissen.

Kristina mußte überlegen. »In den Reiterwettbewerben gut«, erinnerte sie sich. »Aber Dakota machte beim Springen Ärger, und Saskia wurde in der Dressur von einem kleinen, dicken, ganz und gar unfähigen Mädchen geritten. Mitten in der Prüfung hatte sie keine Lust mehr, trottete in die Bahn und blieb einfach stehen. Das Mädchen trommelte mit den Absätzen auf ihren Rippen herum, aber Saskia stand stur wie eine hundertjährige Kuh. Ein Anblick für Götter, sag' ich dir! Alle haben gelacht.«
»Das Mädchen auch?«
»Nein, das heulte und rief: ‚Mama, sie will nicht, sie will nicht!' Ein Schauspiel!«
»Armes Kind«, fand ich und verspürte wirklich Mitleid.
Kristina hörte auf zu grinsen und machte ein verlegenes Gesicht. »Hast ja recht«, brummte sie.
Sie erzählte dann noch ausführlich von den einzelnen Prüfungen und fragte mich schließlich wie nebenbei, ob ich sie nicht am nächsten Tag begleiten wolle.
Aber ich verneinte.
»Erst zum Weihnachtsreiten«, beharrte ich.
Die nächsten Tage vergingen wie im Flug. In der Schule wurden wir trotz des bevorstehenden Festes tüchtig rangenommen. Zu Hause half ich Mama fleißig bei der Weihnachtsbäckerei. Ich besorgte die letzten Geschenke und nutzte einen ruhigen Abend, um alles besonders schön und geschmackvoll einzupacken.
Dann kam der vierte Advent, der Tag des Weihnachtsreitens. Ich hatte meinen Eltern nicht gesagt, daß ich hingehen wollte. Ich fürchtete, sie würden sonst allzuviel Theater machen. Mama würde sicher ganz begeistert tun und mir versichern, daß sie froh und erleichtert sei, mich wieder vernünftig zu sehen … oder etwas in der Art.

Das war das letzte, was ich hören wollte.
Nur kein Aufhebens, nur kein Trara.
Eigentlich fühlte ich mich elend.
Eigentlich wollte ich mich drücken.
Ich versuchte mir vozustellen, wie es sein würde, wieder einmal den Weg zum Reitverein einzuschlagen, über den Hof zu laufen, den Stall zu betreten. Im Geiste sah ich alle Pferde vor mir, wie sie in ihren Boxen standen. Und dann die Menschen: Reinholds … Justus … meine Freunde …
Ich hatte Angst vor ihren Blicken, vor ihren Bemerkungen, Angst vor einer Begegnung mit ihnen.
So kostete es mich tatsächlich große Überwindung, mich warm anzuziehen und meinen Eltern mitzuteilen, daß ich weggehen wollte.
»So? Wohin denn?« fragte Mama seltsam unbeteiligt.
»Nur mal raus. Das Wetter ist so schön.«
Das stimmte sogar. Es war erstaunlich mild. Der Himmel zeigte sich in hellem, pastellzartem Blau. Die Sonne zog blaßgolden leuchtend ihre niedrige Bahn.
»Nimm doch die Hunde mit«, schlug Mama vor.
Die beiden, die scheinbar geschlafen hatten, waren sofort zur Stelle. Ihnen entging kaum ein Wort, das sie betraf.
»Geht leider nicht«, erklärte ich bedauernd, streichelte meine Lieblinge und beeilte mich, aus dem Haus zu kommen. Diese Flucht war vielleicht nicht schlecht. Andernfalls hätte ich mich stundenlang herumgedrückt und tausend Ausflüchte gefunden, um mich länger

aufhalten und alles hinauszögern zu können. Zuerst schritt ich kräftig aus. Je mehr ich mich dem Reitverein näherte, desto langsamer wurden meine Schritte. Als ich Richtung Stall abbiegen mußte, schaffte ich es nicht und ging geradeaus weiter. Am Waldrand blieb ich stehen, trat unschlüssig hin und her, drehte wieder um, ging den Weg zurück.
Wieder bog ich ab.
Ich hätte nie gedacht, daß es so schwierig sein könnte, an einen Ort zurückzukehren, an dem man einmal sehr glücklich gewesen war.
»Dumme Pute«, schalt ich mich schließlich, »du gehst jetzt schnurstracks in den Stall, schaust weder rechts noch links und suchst dir einen Platz auf der Tribüne in der Reithalle.«
Es bedurfte noch einiger Minuten geistiger Vorbereitung, bevor ich losmarschieren konnte. Jetzt durfte ich nicht mehr zaudern, nicht mehr denken. Wie ferngesteuert lief ich aufs Stalltor zu, öffnete es und betrat den Stall. Leise schloß ich das Tor hinter mir.

Neugierige Pferdeaugen blickten mir entgegen. Ein oder zwei Pferde brummelten eine Begrüßung. Sirius schlug heftig mit einem Vorderhuf gegen seine Tür. Das tat er immer, wenn er Aufmerksamkeit erregen wollte.
Viele Boxen standen leer. In einigen wurden Pferde geputzt und gesattelt.
Unschlüssig blieb ich stehen. Ich wollte nicht gern gesehen werden. Aber was sollte ich tun?
Während ich noch überlegte, tauchte Justus am anderen Ende der Stallgasse auf. Er erkannte mich, zögerte kurz und hob eine Hand zum Gruß. Mehr nicht.
Irgendwie war ich erleichtert darüber. Froh, daß Justus kein Freund von großen Worten oder Gesten war.
Jetzt führte Margit die Stute Saskia aus ihrer Box. Als sie mich sah, stutzte sie und lächelte mich unsicher an. Wir trafen uns zwar des öfteren in der Schule, aber im Stall hatte Margit mich wohl nicht erwartet.
»Hallo«, sagte sie jetzt, »schön, daß du hier bist.«
Gleich darauf kamen sie aus allen Boxen. Am liebsten hätte ich mich in ein Mauseloch verkrochen.
»Mensch, daß du noch lebst«, meinte Annette in ihrer typischen aggressiven Art.
»Du hast die erste Nummer leider schon verpaßt«, informierte Beate mich.
»Ich hab' euch doch gesagt, daß sie kommt!« rief Kristina triumphierend.
Aha, mein Erscheinen war also angekündigt worden.
»Der Zuschauerraum ist proppenvoll«, meldete Beate jetzt. »Wenn du dich da hinten anstellst, kriegst du garantiert nichts von der Vorstellung mit.«
»So geht's eben, wenn man zu spät kommt«, behauptete Annette und sah mich strafend an.

»Geh doch zu Herrn Reinhold auf den Richterturm«, schlug Sven vor. »Der sitzt da ganz einsam, macht die Ansagen, läßt die Musikbänder laufen und so. Vielleicht freut er sich über Gesellschaft.«
»O nein, bloß das nicht«, wehrte ich ab. Es war schwer genug gewesen, hierher zu kommen und meinen Freunden zu begegnen. Nach einem Zusammentreffen mit Herrn Reinhold sehnte ich mich nicht.
»Ich versuche, in der Halle noch ein Plätzchen zu ergattern«, beschloß ich.
»Wir feiern später bei Justus«, informierte Margit mich.
»Nicht in der Scheune?« Dort hatten wir im letzten Jahr die Weihnachtsfeier abgehalten.
»Nein, bei Justus. Es wird keine so große Sache.«
»Aber ob ich da …«
»Ob du mitkommen kannst? Na klar! Gehörst doch dazu!«
Jetzt klopften mir plötzlich viele Hände auf die Schulter, und alle redeten gleichzeitig auf mich ein.
Dummerweise schossen mir Tränen in die Augen. Ich beeilte mich, Richtung Reithalle zu entfliehen, und hoffte, daß meine Freunde diese Flucht nicht mißverstehen würden. Ich ergatterte dann doch noch ein Plätzchen auf der Tribüne, bei Mutter Bleibtreu und einigen ihrer Kinder, die mich freundlich heranwinkten und einfach dichter zusammenrückten, um Platz zu schaffen.
So konnte ich halbwegs bequem sitzen und hatte außerdem einen guten Blick auf die Reitbahn.
Die einzelnen Programmpunkte waren spannend, abwechslungsreich und wurden von stimmungsvoller Musik untermalt. Im großen und ganzen klappte es sehr gut. Nur Moonbeam und Dakota tanzten des öfteren aus der Reihe. Die Dressurquadrille auf Kandare aber, die Springquadrille und

der Pas de deux, geritten von Monika auf Cassandra und Sven auf Tibor, liefen wirklich wie am Schnürchen.
Nach den reiterlichen Darbietungen wurde, wie im letzten Jahr auch, den Kindern beschert. Die beiden Ponys der Familie Bleibtreu zogen die Kutsche, Vater Bleibtreu spielte den Weihnachtsmann, einige Bleibtreu-Kinder fungierten als Weihnachtsengel, und das älteste der Bleibtreu-Mädchen war in die Rolle des Christkinds geschlüpft.
Da wird Monika aber erleichtert sein, dachte ich spontan. Die Christkindspielerei war ihr immer peinlich gewesen.
Nach der Bescherung durften die Kinder Kutsche fahren. Eine Runde nach der anderen lenkte Vater Bleibtreu die Kutsche mit den beiden kleinen Schimmeln davor in munterem Trab oder wagemutigem Galopp durch die Bahn. Allmählich leerte sich die Halle. Ich blieb noch lange auf meinem Platz sitzen, betrachtete den festlichen Weihnachtsschmuck, das viele Tannengrün, den hohen Baum mit seinen strahlenden Lichtern. Und hing meinen Gedanken nach.
Dann tauchte plötzlich Kristina neben mir auf.
»Hallo, da bist du ja! Ich such' dich schon überall«, verkündete sie. »Wie war's? Wie hast du's gefunden?«
»Schön«, beteuerte ich. »Es hat prima geklappt, und es war alles so stimmungsvoll – richtig weihnachtlich.«
»Finde ich auch. Wir gehen jetzt feiern, rüber zu Justus. Kommst du mit?«
»Wenn ich darf ...«
»Klar doch! Justus weiß Bescheid.«
Gemeinsam brachen wir auf, liefen durch den dunklen Abend hinüber zu Justus' Wohnung.
»Du, Julia«, setzte Kristina auf einmal an.
»Hm, was gibt's?«
Kristina blieb stehen und wandte sich mir zu.

Trotz der Dunkelheit sah ich, daß sie mich beobachtete.
»Bist du nicht froh, daß du heute hergekommen bist?«
Ich überlegte. »Irgendwie schon.«
»Und wirst du jetzt wieder öfter in den Stall kommen?«
Darüber hatte ich noch gar nicht nachgedacht.
»Wahrscheinlich schon«, antwortete ich und fügte, um Kristinas nächster Frage vorzubeugen, hinzu: »Aber reiten werde ich nicht. Ich komme nur zum Zuschauen.«
Immerhin. Es war ein Schritt in die richtige Richtung.

Wenige Tage später war Weihnachten.
Heiligabend und die beiden Feiertage verliefen einigermaßen ruhig und harmonisch. Die Zwillinge sorgten natürlich für Wirbel, aber es gab keine Katastrophen wie im vergangenen Jahr.
Bei Simons erschien Osvaldo Bottoni als Weihnachtsbesuch.
Und in Nummer zwei fand eine riesige Party statt, die sich über drei Tage erstreckte.
Papa beschwerte sich über den Lärm, und die Zwillinge spielten Spione und versuchten herauszubekommen, was in dem Haus vor sich ging.
»Mindestens hundert Leute sind da«, behaupteten sie, »und alle tanzen und singen und lachen und trinken und werfen mit Konfetti und Luftschlangen, wie im Karneval.« Das klang nicht besonders verlockend. Ich war froh, daß wir immer bestrebt waren, Weihnachten so ruhig und besinnlich wie möglich zu verbringen.
Zwischen den Jahren schneite es zum erstenmal. An Silvester taute es und wurde milder, so daß Kristina und ich zur Silvesterfeier des Reitvereins in den Ort fahren konnten.
Herr Reinhold hatte in der Gaststätte, in der auch die Jagdgerichte stattfanden, einen Raum gemietet, in dem die Fete ab-

gehalten würde. Jeder, der kommen wollte, konnte sich mit ein paar Mark beteiligen. Essen und Getränke mußten selbstverständlich extra bestellt und bezahlt werden.
Ich hatte versucht, meine Eltern zu überreden, auch mitzukommen. Aber Papa weigerte sich, und Mama wollte nicht ohne ihn gehen.
»Es muß auch jemand auf die Hunde aufpassen«, gab sie zu bedenken. »Diese Verrückten aus Nummer zwei veranstalten bestimmt eine Mordsknallerei. Da können wir die Tiere nicht allein lassen.«
Da Kristinas Eltern samt Max und Moritz der Party beiwohnen wollten, erbot Mama sich, auch nach Herkules und den Katzen zu sehen.
»Nur Caligula rühre ich nicht an«, sagte sie entschieden. Später brachte sie mich mit Kristina zum Ort des Geschehens. Die Zwillinge fuhren mit ihren Eltern.
Es wurde eine lustige und ziemlich laute Feier, die bis in die Morgenstunden andauerte.
Als wir wieder nach Hause kamen, war es noch dunkel. Es hatte wieder angezogen, war kühl und feucht geworden. Bald begann leichter Sprühregen zu fallen, der sich schnell in Glatteis verwandelte.
Als ich am Nachmittag wach wurde, war wieder Schnee gefallen. Feine Flocken tanzten federleicht hernieder. Unser Garten sah aus, als hätte jemand aus einem riesigen Sieb Puderzucker darüber gestäubt.
Auch die umliegenden Wiesen und Felder waren weiß, und der nahe Wald wirkte winterlich verzaubert.
Von nun an schneite es jeden Tag, ganz fein, ganz leicht, so daß der Schnee nicht besonders hoch lag, die Stimmung jedoch tagelang märchenhaft und irgendwie unwirklich war. Dann kam die Sonne heraus und verwandelte die Landschaft

in einen silbrig glänzenden Traum. In all dem schimmernden Weiß blühten Christrosen und Zaubernuß.
Auch im Februar schneite es noch einmal. Doch mitten in Eis und Schnee kämpften sich die ersten Frühlingsboten ans Licht. Schneeglöckchen und Duftveilchen blühten, bald darauf die Krokusse.
Im März, der ungewöhnlich warm und mild war, blühten in unserem Garten dutzendfach die kleinen, hübschen Wildtulpen und zahllose Traubenhyazinthen. Goldgelbe Osterglocken schlossen sich an.
Mama fing wieder an, im Garten zu werkeln. Tante Patricia brachte kaum Interesse für Gartenarbeit auf. Sie interessierte sich nur für ihre Erdbeeren, ihr Kräuterbeet und die Rosen. Rosen waren ihre Lieblingsblumen.
Um alles andere kümmerte sich Mama. Im ersten Jahr hatte sie einfach abgewartet und beobachtet, was der Garten so hervorbringen würde. Im letzten Herbst hatte sie angefangen, das eine oder andere umzugestalten. Sie liebte vor allem blühende Büsche und Sträucher.
Mir gefiel ganz besonders das Magnolienbäumchen, das noch aus Tante Kristinas Zeiten stammte und das schon Ende März in voller Blüte stand.
»Toll, daß es endlich Frühling wird«, frohlockte Kristina. »Die Tage sind wieder länger, die Sonne scheint, die Pferde werden übermütig ... Gestern hat Flip sogar gebuckelt!«
Das kam wirklich selten vor.
Ich ging jetzt wieder regelmäßig in den Reitstall, allerdings nur zum Zuschauen.
Mit Herrn Reinhold hatte ich mich ausgesöhnt. Ich war nach wie vor unglücklich über Diamants Verkauf, verspürte aber keinen Groll mehr gegen meinen Reitlehrer. Wir sprachen miteinander, als wäre nie etwas vorgefallen.

Irgendwann im März wurde Dakota dann verkauft. Ich war froh, sie nicht mehr sehen zu müssen. Nie hatte ich vergessen können, daß sie in den Stall gekommen war, weil Diamant verkauft wurde.

An meiner Stelle ritt jetzt ein anderes Mädchen in der Turniergruppe mit, eigentlich eine junge Frau, Anfang zwanzig. Sie stammte aus Namibia, war aber schon als Kind nach Deutschland gekommen. Ich hatte sie schon ab und zu gesehen und um ihre schlanke Figur und ihren guten Sitz beneidet. Sie ritt mit viel Kraft und hatte oft eine harte Hand.

Sie hieß Gisela. Auch ihre Eltern hatten deutsche Namen. »Wie jeder bei uns im Dorf«, erzählte sie einmal lachend. »Das ist ein winziges Kaff, zwischen Windhuk und Löderitz. Alle sprechen Deutsch.«

»Komisch«, wunderte sich Kristina.

»Na, das war schließlich mal Deutsch-Südwest, deutsche Kolonie«, erinnerte Gisela. »Meine Eltern schwärmten immer von Deutschland, obwohl sie nie da waren. Als ich fünf war, sind wir hierher gezogen.«

»Und wie kommt ihr zurecht?« fragte Beate gespannt.

»In unseren unruhigen Zeiten«, fügte Margit hinzu.

Gisela machte eine wegwerfende Handbewegung. »Ach, gar kein Problem. Nicht auf dem Land! Mein Vater hat eine Gärtnerei. Jeder kennt ihn. Er hat so viele Bekannte und Freunde … und mir geht's genauso. Hier ist meine Heimat. Wir alle fühlen uns wohl hier. Wir wollen nie wieder weg! Nur alle zwei Jahre fliegen wir mal runter nach Namibia, in Urlaub.«

Mir war Gisela auf Anhieb sympathisch. Sie war ruhig und lebhaft zugleich, dazu auf angenehme Art selbstbewußt, nicht überheblich.

Weh tat mir nur der Gedanke, daß sie meinen Platz in der Turniergruppe übernommen hatte.

»Ich will aber gar keine Turniere reiten«, erklärte sie einmal, als wir nach einer Dressurstunde zusammengesessen hatten. »Außerdem wird Saskia bald verkauft.«
»Dann kommt sicher endlich das neue Schulpferd«, vermutete Kristina.
Ich biß mir auf die Lippen. Ein neues Schulpferd – Ersatz für Diamant …
»Möchtest du nicht doch mal wieder reiten?« wandte Sven sich an mich.
»Ach, nein«, antwortete ich zögerlich.
»Solltest du aber«, fand Beate.
Gisela betrachtete mich nachdenklich. Sie wußte über alles Bescheid.
»Ich nehme dir deinen Platz nicht weg«, beteuerte sie. »Ich bin eigentlich nur eingesprungen. Die normalen Stunden gefallen mir genauso gut.«
Ungläubig starrte ich sie an. War sie wirklich so selbstlos, oder wollte sie bloß was Nettes sagen …?
»Ach, Julia, du mußt einfach wieder reiten«, meinte Susanne nachdrücklich.
Das hatte auch Stefan geschrieben, einige Male schon. Er selbst hatte sich mittlerweile ganz gut eingelebt und auch neue Freunde gefunden. Ich freute mich für ihn.
»Irgendwann«, sagte ich jetzt leise, »irgendwann bestimmt.«
Nur wann – das konnte ich noch nicht sagen.

Ein neuer Ausblick

Anfang April begannen unsere Osterferien. Ich war glücklich, die Schule mal für drei Wochen hinter mir lassen und einfach vergessen zu können.

Im Reitverein fühlte ich mich wieder wohl und ganz zu Hause. Wenn nur die dauernden Gedanken an Diamant nicht gewesen wären …
»Hast du ihn denn nie besucht?« fragte Margit mich einmal. »Dich vergewissert, ob es ihm gutgeht?«
Ich schüttelte den Kopf.
»Verstehe ich nicht«, meinte Beate. »Wenn Luxor verkauft würde, möchte ich immer wissen, wie es ihm geht.«
»Und wenn es ihm nicht so gut geht?« fragte ich leise. »Ich könnte ja nichts tun …«
Die anderen verstanden meine Gedankengänge nicht, konnten sie nicht nachvollziehen. Sie begriffen auch nicht, daß ich es einfach nicht fertigbrachte, Diamant zu sehen und dabei zu wissen, daß er mich nichts mehr anging, daß es nie mehr so sein würde wie früher.
»Kommst du mit zur Springstunde?« erkundigte Kristina sich am Dienstag vor Ostern.
»Wir springen zum erstenmal wieder draußen. Das Wetter ist super. Es wird bestimmt lustig. Wahrscheinlich flippen die Pferde total aus«, fügte sie hinzu.
»Na, da mußt du wenig Angst haben«, behauptete ich lachend. Cherry Flip war dafür bekannt, nicht mehr als unbedingt nötig zu tun.
Natürlich begleitete ich meine Cousine gern in den Stall. Während sie Flip putzte, schlenderte ich von Box zu Box, begrüßte die Pferde, redete mit meinen Lieblingen und verteilte Pferdewürfel.
Nach und nach trudelten meine Freunde ein. Auch Michael und Monika

wollten an der Springstunde teilnehmen. Michael auf Raphael, Monika auf einem jungen Pferd, das sie seit kurzem in Beritt hatte. Es war ein eleganter Fuchswallach namens Pirol, fünfjährig, dressurmäßig schon ganz gut geritten, aber noch fast ohne Springerfahrung.

»Ob ich Antares draußen wohl halten kann?« überlegte Susanne laut. Sie rückte nervös an ihrer Brille und stampfte von einem Fuß auf den anderen.

»Vielleicht kriegst du ihn ja gar nicht«, meinte Michael.

»Besten Dank! Wenn schon, dann Antares«, murrte Susanne. »Nicht auszudenken, wenn ich womöglich Ma Belle reiten müßte ...«

»Sie wird bestimmt Schwierigkeiten machen«, befürchtete Margit vorausschauend.

»Die erste Stunde draußen ist immer aufregend«, behauptete Beate mit leuchtenden Augen.

»Na, vielleicht gibt Saskia dann endlich mal Gas«, hoffte Gisela. »In den letzten Stunden war sie furchtbar träge. Wird sie jetzt eigentlich verkauft oder nicht? Sollte sie nicht über die Auktion gehen?«

»Papa hat sich umentschieden«, erklärte Monika. »Keine Auktion. Aber verkauft wird sie auf alle Fälle. Ich soll sie noch auf zwei, drei Turnieren vorstellen. Als Schulpferd ist sie zu schade, aber als Turnierpferd behalten wollen wir sie auch nicht.«

»Also, Saskia möchte ich nicht«, sagte Beate im Brustton der Überzeugung.

Insgeheim pflichtete ich ihr bei. Ich hatte mich für die zwar hübsche, aber launenhafte und unberechenbare Stute nie begeistern können.

»Wo Papa nur bleibt«, wunderte Michael sich jetzt. »Du, Monika, wollen wir schon mal den Parcours aufbauen?«

»Annette fehlt auch noch«, meldete Gisela.
»Hast du Raphael schon geputzt?« wollte Monika wissen.
»Nein«, erwiderte Michael gelassen. »Aber vielleicht erledigt das ja irgend jemand für mich, während ich aufbaue ...« Er strahlte uns an.
»Na gut, ich mache es«, bot ich an.
Schließlich war es auch wichtig, daß die Hindernisse für die Springstunde standen.
»Wenn wir dich nicht hätten!« meinte Michael feixend. Am liebsten hätte ich ihm etwas an den Kopf geworfen. Er schaffte es immer wieder, mich in Rage zu bringen.
»Da kommt ja Annette«, meldete Kristina.
Ihr auf dem Fuß folgte Herr Reinhold.
»Na, alles klar?« fragte er in die Runde.
Wir nickten bestätigend.
»Nur Kassim sieht aus wie ein Ferkel«, fauchte Annette wütend, nachdem sie einen Blick in die Box ihres Lieblingspferdes geworfen hatte.
Sie hatte außerordentlich schlechte Laune. Ihre Augen schossen Blitze, und ihr hüftlanger Zopf baumelte wild hin und her, als sie mit Siebenmeilenschritten über die Stallgasse auf uns zustürmte.
»Wieso ist er so schmutzig?« fragte sie verärgert.
»Weil er sich nach der letzten Stunde im Sand gewälzt hat«, gab Monika Auskunft.
»Weshalb kommst du auch so spät?« wollte Gisela wissen.
»Ach, zum Teufel«, zischte Annette. »Ich war noch beim Zahnarzt! So eine blöde Füllung ist mir rausgefallen, und der Knilch hat mich ewig sitzenlassen, bevor ich endlich an die Reihe kam.«
»Oh, ich hasse Zahnärzte«, jammerte Susanne. »Meiner findet immer etwas.«

Annette knurrte nur gereizt.
»Ist jetzt alles in Ordnung? Kannst du reiten?« wollte Monika wissen.
»Was meinst du wohl, weshalb ich Reitsachen anhabe?« fragte Annette böse. »Sind die Pferde schon eingeteilt? Ich will Kassim reiten. Ich habe keine Lust auf Pferdewechsel oder so einen Quatsch.«
Wie sie redete! Heimlich schielte ich zu Herrn Reinhold hin. Niemals hätte ich gewagt, in seiner Gegenwart so zu sprechen. Aber Annette war ebenso furchtlos wie streitsüchtig.
»Jeder reitet sein Stammpferd«, bestimmte Herr Reinhold auch schon. »Wer ist denn noch da? Ist Clarissa gekommen? Ja, und noch zwei Private – außer Kristina … Eine große Gruppe, aber das kennen wir ja.«
In diesem Moment tauchte noch einmal Michael auf, um Hilfskräfte anzufordern.
»Soll ich vielleicht alles allein machen?« empörte er sich.
»Ich komme schon«, beeilte sein Vater sich zu versichern. »Ihr anderen sattelt eure Pferde.«
»Ich muß erst mal putzen«, grunzte Annette wütend.
Auch ich ging an die Arbeit. Raphael begrüßte mich mit freundlichem Schnauben und stieß mir mehrmals den Kopf in die Seite. Doch ich hielt mich nur kurz mit Schmusen auf. Raphael war ein stattliches Pferd von fast einsachtzig Stockmaß. Das bedeutete auch: jede Menge Putzfläche. Nachdem ich ihm hastig eine Handvoll Leckerli ins Maul geschoben hatte, ging ich ans Werk. Bald war Raphael eingehüllt in eine Wolke aus Staub, Sand und alten Haaren.
»Was soll das? Sofort aufhören!« hörte ich eine mir wohlbekannte Stimme meckern. Sie gehörte zu Herrn Lenz, der gerade – mit Boxer, seiner Frau und deren Pferd – dem Ausgang zustrebte.

»Glaubst du, wir haben nur so zum Spaß geputzt, Mädchen?« blaffte Herr Lenz mich jetzt an und streckte seinen kastenförmigen Kopf in die Box. »Du nebelst uns ja total ein! Wieso ist das Pferd so schmutzig?«
»Er war fast den ganzen Tag auf der Koppel«, antwortete ich grantig.
Herr Lenz schnaubte abfällig. »Koppel!« äffte er mich nach. »Da tu ihn besser gleich wieder hin. Willst du ihn vielleicht reiten? So ein Schwachsinn! Das Pferd ist viel zu groß für dich. Es geht mit dir auf und davon, und die anderen haben dann die Scherereien.«
Wenn er nur verschwinden würde! dachte ich und warf ihm böse Blicke zu.
»Komm!« befahl Herr Lenz seinem Boxer.
»Wuff«, sagte der unfreundlich und fletschte, in meine Richtung gewandt, die Zähne.
»Haut ab«, murmelte ich und war froh, als beide verschwunden waren.
Wenig später beglückten mich Clarissa und ihre Mutter, die heute zum Zuschauen gekommen war.

»Willst du reiten, oder spielst du Stallbursche?« fragte Frau Simon mich hochmütig.
»Julia reitet nicht mehr«, behauptete Clarissa.
»Die konnte doch nur Diamant reiten, weil der alles von allein gemacht hat. Raphael würde sie sofort abwerfen«, fügte sie hinzu.
»Er ist doch kein Rodeopferd«, gab ich wütend zurück.
»Jedenfalls ist er plump und unelegant«, fand Frau Simon und schaute blasiert. »Geh raus, Clarissa, warum läßt du Moonbeam ständig in meinen Nacken pusten?« blaffte sie gleich darauf ihre Tochter an.

Ich ließ noch einmal Striegel und Kardätsche tanzen und jagte so Mutter Simon endlich in die Flucht.

»Staub ist Gift für meine Stimme!« zeterte sie und hopste, so schnell es ihre hohen, spitzen Absätze erlaubten, über die Stallgasse davon.

Wenn das so ist, überlegte ich, muß sie als Kind eine ganze Menge davon geschluckt haben.

Da Michael nicht auftauchte, holte ich Raphaels Sattelzeug und machte den großen Kohlfuchs zum Reiten fertig. Sattel, Trense, Martingal, Gamaschen. Ich führte ihn auf die Stallgasse und kratzte seine Hufe aus. Noch immer keine Spur von Michael.

»Wo der bleibt!« brummte ich unwillig. Raphael warf mir einen abschätzenden Blick zu. »Komm, wir gehen raus«, forderte ich ihn auf.

Auf dem Parcours waren die anderen bereits versammelt. Sogar Annette war früher fertig geworden als ich. Herr Reinhold stand noch am Zaun und beobachtete die Gruppe der Pferde und Reiter. »Wo ist Michael?« wollte ich wissen.

»Oh, der mußte sich umziehen. Seine Hose ist geplatzt«, informierte Herr Reinhold mich.

»Ach so«, machte ich und streichelte nachdenklich Raphaels Nase. Er stand ganz still da und sah sich mit leuchtenden Augen um.

»Setz dich schon mal drauf, und laß ihn Schritt gehen«, sagte Herr Reinhold beiläufig, schlüpfte dann unter der Einzäunung durch und marschierte mit langen Schritten zu einer kleinen Gruppe von In-Outs.

Alles ging so schnell, daß ich nicht reagieren konnte. Ich öffnete zwar den Mund zu einer abwehrenden Entgegnung, brachte aber keinen Ton heraus.
Herr Reinhold beachtete mich nicht mehr. Er hatte bereits mit dem Unterricht begonnen.
Ich sah mich nach Michael um, doch der ließ sich wieder einmal Zeit. Von niemandem behelligt, stand ich da, Raphael am Zügel. Ich hätte aufsitzen und davonreiten oder aber das Pferd in den Stall bringen können.
Keiner schaute nach mir, keinem schien überhaupt aufzufallen, daß ich noch da war.
Eigentlich unmöglich, fand ich.
Und jetzt? Was sollte ich machen?
Raphael begann, ungeduldig mit dem Huf zu scharren. Dazu ruckte er heftig am Gebiß. Er gehörte nicht gerade zu den ruhigsten, gelassensten Kandidaten.
»Schon gut, ich reite dich ein bißchen herum«, sagte ich murrend und tat, als wäre es ein großes Opfer. »Lust hab' ich ja keine, aber wer fragt mich schon …?«
Hastig gurtete ich nach und zog die Steigbügel herunter. Es waren Michaels Springbügel, viel zu lang für mich, aber so baumelten sie wenigstens nicht in unerreichbarer Höhe. Raphael stand seltsamerweise wie ein Fels, als ich mich in den Sattel hangelte.
»Und jetzt?« fragte ich ihn, als ich glücklich oben saß und die Bügel übergeschlagen hatte, weil sie mich störten.
Wie selbstverständlich stapfte Raphael dem Eingang des Parcours zu.
Mein Herz klopfte wie verrückt. Es war so ungewohnt, nach all den vielen Monaten endlich wieder im Sattel zu sitzen. Fremd und doch vertraut. Ich erkannte auf einmal, wie mir das Reiten gefehlt hatte und wie wunderbar es war, wieder

die wiegenden Bewegungen und die Wärme eines Pferdekörpers zwischen den Beinen zu spüren.
»Braver Junge«, murmelte ich und klopfte Raphaels Hals. Da waren plötzlich Tränen in meinen Augen. Ich starrte nur auf den kräftigen dunklen Mähnenkamm unter mir. Den Blicken meiner Freunde wollte ich nicht begegnen. Ich wollte auch nicht, daß sie irgend etwas sagten. Sie sollten so tun, als sei gar nichts geschehen, als wäre alles ganz normal und in Ordnung.
Herr Reinhold achtete auf Disziplin. Als Kristina sich in meine Nähe schieben wollte, mischte er sich sofort ein. »Jetzt wird gearbeitet!« donnerte er, damit alle es hörten. »Die Plauderstündchen könnt ihr auf später verschieben!«
Ich war ihm dankbar dafür.
Nach einigen Minuten tauchte Michael auf und winkte mich heran. »Na, bist du allein hochgekommen?« fragte er mit frechem Grinsen.
»Nein, mit 'nem Hebekran«, entgegnete ich.
Er lachte. Dankesworte konnte man von ihm nicht erwarten. Er wartete, bis ich abgesessen war, fischte nach seinen Bügeln und schwang sich in den Sattel.
Ich beobachtete die Springstunde von einer einsamen Ecke des Parcours aus.
Es gab so vieles, über das ich nachdenken mußte.
Endlich wieder im Sattel! Wenn auch nur im Schritt, wenn auch nur für Minuten …
Als wir später in der Sattelkammer beisammen saßen, alle außer Gisela, die gewöhnlich gleich, nachdem Saskia versorgt war, nach Hause fuhr, kamen meine Freunde natürlich doch noch auf mein kurzes Gastspiel zu Pferd zu sprechen.
»Du wirst ja wohl wieder reiten«, nahm Annette einfach an.
»Ob das noch mal mit den Turnierstunden klappt?«

Beate tippte sich mit dem Zeigefinger an die Nase. »Eigentlich fehlt ja ein Pferd.«
»Irgendwann muß schließlich ein neues Schulpferd kommen«, meinte Margit vernünftig.
»Und bis dahin?« fragte Kristina eifrig. »Soll Julia vielleicht warten, bis sie schwarz wird?«
»Da muß Gisela eben wieder aus der Gruppe raus«, bestimmte Annette.
Das sah ihr ähnlich! Sie war mit solchen Alleingängen immer schnell bei der Hand.
»Jetzt wartet doch erst mal ab«, versuchte ich, den Eifer der anderen zu bremsen. »Ich weiß ja gar nicht, ob ich wirklich wieder reiten will. Die Sache mit Raphael war ja nur ein Zufall, ein Versehen sozusagen …«
Michael lachte erheitert. »Ja, wie ein Versehen sahst du allerdings aus auf dem Riesenkerl«, behauptete er dreist.
»Ach, und deine geplatzte Reithose?« stichelte Annette. »Das war wohl auch ein Versehen, oder kann es sein, daß du einfach mordsmäßig zugenommen hast?«
Alle lachten.
Michael wies den von Annette geäußerten Verdacht natürlich meilenweit von sich.
»Pirol hat sich gut gemacht, finde ich«, sagte Margit irgendwann. »Ist auch ein hübscher Kerl. Reitet er sich gut?«
Monika nickte bestätigend.
»Er ist im Grunde unkompliziert, klar im Kopf und mit anständigem Charakter, nur noch ein bißchen übereifrig. Ich soll ihn in dieser Saison auf einigen Turnieren vorstellen.«

»Der würde mir auch gefallen«, erklärte Kristina. »Er ist so elegant und bewegt sich gut. Bestimmt wird er in allen Dressuren plaziert werden.«

»Erst mal abwarten«, bremste Monika. »Vielleicht mögen ihn die Richter nicht, vielleicht flippt er auf einem Turnier plötzlich aus ... Er ist ja noch nie gestartet, nicht mal in einer Materialprüfung – Quatsch, Reitpferdeprüfung. Ich muß mir das endlich mal merken! Jahrelang sagt man Materialprüfung, und jetzt heißt es Reitpferdeprüfung, und ich kann mich einfach nicht umgewöhnen.«

»Brech dir keinen ab – wir wissen ja, was du meinst«, bemerkte Michael gönnerhaft-freundlich.

»Alter Affe«, brummte Monika.

Michael mußte lachen, und wir anderen stimmten mit ein. Gerade als die Stimmung besonders gut war, erschien Herr Reinhold in der Sattelkammer. Er sah erst mich an, dann seine Tochter, dann wieder mich.

»Hat Monika mit dir gesprochen?« fragte er mich.

Verwundert schüttelte ich den Kopf.

»Ach, herrje – ich wollte, aber ich hab's vergessen«, entschuldigte sich Monika.

Ich erwartete, daß Herr Reinhold mich fragen würde, ob ich wieder reiten wolle, und daß er dann auf die Turnierstunden zu sprechen käme. Mir leider mitteilen mußte, daß er kein Pferd für mich habe ... Sicher würde er aber versuchen, mich in irgendeiner anderen Stunde unterzubringen.

»Kommst du mal eben mit?« forderte er mich auf.

Meine Verwunderung wuchs. Konnte er mir nicht einfach an Ort und Stelle mitteilen, was es zu sagen gab?

Natürlich folgte ich ihm. Monika schloß sich uns an.

»Was ist denn los?« fragte ich verwirrt, als wir schließlich zu dritt auf der ansonsten leeren Stallgasse standen.

»Tja, wie anfangen?« Herr Reinhold rieb sich nachdenklich sein Kinn.
»Möchtest du gern ein Pflegepferd, Julia?« platzte Monika einfach heraus, während ihr Vater sich noch sorgfältig die Worte zurechtlegte.
Ich glaubte, mich verhört zu haben. Ungläubig starrte ich Monika an. Sie strahlte.
»Ja, ja, es ist schon so«, versicherte sie mir. »Rudi – den kennst du doch, oder?«
»Den Rudi aus der Mittwochabendstunde?« unterbrach ich neugierig.
»Ja, den Netten, Lustigen mit dem Vollbart«, bestätigte Monika und nickte. Den kannte ich natürlich. Ich war während meiner ersten Zeit hier im Verein in derselben Reitstunde geritten wie er.
»Der will sich ein eigenes Pferd kaufen«, fuhr Monika fort. »Hat er schon eins gefunden, Papa?«
»Nein, bisher nicht. Er schaut sich noch um«, wußte Herr Reinhold. »Schau mal, Julia«, wandte er sich dann direkt an mich, »Herr Schröder« – das war Rudi – »sucht kein Turnierpferd, er hat keine Turnierambitionen. Er möchte einfach ein rittiges, vielseitiges, anständiges Pferd, mit dem er an den Reitstunden teilnehmen und ins Gelände gehen kann.«
»Aber er hat nicht so wahnsinnig viel Zeit«, mischte Monika sich wieder ein. »Und deshalb sucht er jemanden, der sich um das Pferd kümmern, der es pflegen würde – und eben auch zwei-, dreimal die Woche reiten könnte.«
»Es wird, wie gesagt, kein Turniercrack sein«, erinnerte Herr Reinhold noch einmal. »Du darfst deine Erwartungen also nicht zu hoch schrauben.«
Ich war viel zu durcheinander, um überhaupt irgendwelche Erwartungen zu haben. Mein Kopf war wirr, meine Gedan-

ken tanzten Ringelreihen, jagten einander, wiederholten sich, bis einer sich klar herauskristallisierte.
Ich soll wieder reiten, dachte ich, ich soll wieder reiten.
Immer und immer wieder.
Aber wollte ich denn? Wollte ich wirklich?
Was sollte ich sagen? Würde ich mich richtig entscheiden? Wäre es nicht besser, zu kneifen, abzuwehren, zu sagen: Nein, nehmt irgendeine andere?
Ich wußte es nicht. Ratlos und auch irgendwie überfordert fühlte ich mich. Hilflos sah ich zwischen Monika und ihrem Vater hin und her.
Herr Reinhold nickte mir freundlich zu.
»Überleg es dir«, bat er nur.
Und ging.
Ich blieb allein mit Monika zurück.
»Na, was sagst du?« fragte sie lächelnd. Sie erwartete natürlich, mich vor Freude total aus dem Häuschen zu sehen. Dabei wußte ich wirklich nicht, ob ich mich freuen oder lieber gleich ablehnen sollte.

»Als Rudi nach einer Pflegerin fragte, dachte ich sofort an dich«, erzählte Monika munter. »Dir würde es doch sicher Spaß machen, oder?«
Es würde mir Spaß machen, wieder auf Diamant an den Turnierstunden teilzunehmen, dachte ich

spontan. Ein fremdes Pferd zu pflegen und zu reiten … ich war mir nicht sicher, ob mich das begeistern konnte.
Vielleicht würde es ein unmögliches Pferd sein, eins, das schlecht ausgebildet war und in der Bahn überhaupt nichts taugte. Eins, mit dem man sich nur herumquälte. Ich überlegte. Und an der Art meiner Gedanken konnte ich ablesen, daß ich der Idee als solcher nicht abgeneigt war. Es ging schon gar nicht mehr um ein Ja oder Nein. Im Geiste hatte ich bereits ja gesagt. Ich beschäftigte mich schon damit, wie das Pferd sein und ob es etwas taugen würde. Konnte es springen? Wie war sein Ausbildungsstand? Würde ich auch bei den Turnierstunden mitreiten dürfen?
»Was sagst du also?« fragte Monika gespannt.
»Ich glaube, ich könnte es mal versuchen«, brummte ich. Man sollte mir keinesfalls anmerken, wie gespannt ich bereits war! Ich war schließlich diejenige, die Rudi einen Gefallen tun sollte.
Daß nur ja keiner auf den Gedanken kam, ich würde es auch für mich selbst tun!
»Prima«, frohlockte Monika. »Morgen ist Mittwoch, da sehe ich Rudi abends in der Reitstunde. Ihr kennt euch ja. Komm doch mal vorbei, und unterhalte dich mit ihm. Rudi ist bestimmt einverstanden.«
Ich nickte und fühlte mich wieder einmal überrumpelt. Gemeinsam gingen Monika und ich zu den anderen zurück.
»He, was hattet ihr zu tuscheln?« wollte Annette natürlich sofort wissen.
»Julia schaut aus, als hätte sie ein Gespenst gesehen«, stichelte Michael.
»Es ist was Verrücktes passiert«, murmelte ich.
»Was denn? Ist Mutter Simon plötzlich stumm geworden, oder hat Herr Lenz dir was Nettes gesagt oder was sonst?«

»Die beiden sind doch längst gegangen«, antwortete ich wegwerfend. »Nein, viel verrückter: Ich bekomme ein Pflegepferd.«

Tasco

Die Nachricht schlug wie eine Bombe ein.
Alle redeten gleichzeitig los, Fragen prasselten auf mich nieder wie ein Steinschlag.
Ich reagierte abwehrend. Noch konnte ich die Neuigkeit selbst kaum fassen. Alle wollten natürlich wissen, um welches Pferd es sich handelte.
»Es wird erst noch gekauft«, entgegnete ich ungeschickt. »Und es ist auch noch nicht fest ...«
»Also bekommst du es nur vielleicht?« Annette, die zuerst ziemlich eifersüchtig geschaut hatte, lehnte sich entspannt zurück. »Ach so! Puh ...«
»Nein, es klappt schon«, widersprach Monika und nickte mir bekräftigend zu.
Wieder ging die Fragerei los. Monika und ich erzählten abwechselnd. Ich konnte eigentlich nicht viel sagen, aber das fiel kaum auf. Die anderen redeten um so mehr.
Als Kristina und ich uns später auf den Heimweg machten, fühlte ich mich, als befände ich mich in Trance.
Sicher würde es noch lange dauern, bis ich all das Neue, das auf mich eingestürmt war und noch auf mich zukommen würde, verdauen konnte.
In Nummer zwei war mal wieder die Hölle los. Laute Musik klang aus den offenen Fenstern. An einem der Fenster saß das alte Mütterchen, starrte in den dunklen Abend und rief ein ums andere Mal: »Der Weltuntergang naht! Ihr Sünder,

tuet Buße!« Sie hatte jeden Tag ein anderes Thema, das sie der Natur und ihrem mittlerweile drei Meter langen Strickstrumpf vortrug.
Im Nachbarzimmer tanzten der Fred-Astair-Verschnitt und seine Ginger Rogers.
»Ich frage mich nur, wie Hansi in dem Irrenhaus denken kann«, sinnierte Kristina.
»Wahrscheinlich ist er längst durchgedreht«, vermutete ich.
»Und die Hexe? Ob man wahrsagen kann bei so viel Lärm?« erkundigte sich Kristina.
»Es wundert mich jedenfalls nicht, daß Hansis alte Oma den Weltuntergang für gekommen hält.«
Kristina seufzte tief. »War es nicht schön, als Feldmanns noch hier wohnten?«
»Ja. Und vergleichsweise ruhig. Papa ist kurz davor, zu verzweifeln. Frau Simon, Ossi und jetzt noch all diese lauten Verrückten ... eines Tages bekommt er wirklich einen Nervenzusammenbruch.«
Ich mußte an Stefan denken, eben weil Kristina Feldmanns erwähnt hatte.
Dabei nahm ich mir vor, ihm in den nächsten Tagen zu schreiben. Sobald ich mehr über mein zukünftiges Pflegepferd wissen würde.
Eigentlich ist doch alles furchtbar spannend, überlegte ich mir, als ich später im Bett lag und in der Dunkelheit meines Zimmers noch einmal die Ereignisse des Tages durchdachte.
Ich gestattete meinen Gedanken auch, bereits ein Stück vorauszugaloppieren.
Dann fiel mir ein, wie ich damals von Diamant geträumt hatte, noch bevor ich ihn kennenlernte.
Mein Diamant! Kein anderes Pferd konnte jemals seinen Platz einnehmen, davon war ich überzeugt.

»Sei mir nicht böse«, flüsterte ich leise, »aber ich glaube, ich muß wieder reiten. Deshalb vergesse ich dich ja nicht! Ich werde dich immer liebbehalten, das verspreche ich dir. Kein anderes Pferd ist so toll wie du.«

Hinter meinen geschlossenen Lidern brannten Tränen. Zum erstenmal seit Wochen weinte ich wieder um Diamant.

Als ich am nächsten Abend mit Rudi sprach, gelang es mir, meine traurigen Gedanken im Zaum zu halten.

Rudi versicherte mir, daß er mit mir als Pflegerin sehr einverstanden sei.

»Der Kauf wird in den nächsten Tagen perfekt«, berichtete er. »Dann klären wir noch die Einzelheiten. Dreimal die Woche wirst du schon reiten können, denke ich. Aber kümmern solltest du dich möglichst jeden Tag, ich habe durch meinen Beruf wirklich wenig Zeit.«

»Klar doch, mache ich«, versprach ich und überlegte mir, ob ich Rudi gleich auf die Turnierstunden ansprechen sollte.

Aber das wäre vielleicht verfrüht. Womöglich kaufte Rudi auch ein Pferd, mit dem man außer Geländereiten wirklich gar nichts anfangen konnte …

Jetzt sieh doch nicht so schwarz! fuhr ich mich selbst an. Warte erst mal ab!

Das tat ich dann auch.

Was blieb mir anderes übrig?

Mama war übrigens sehr froh, daß ich wieder reiten wollte. Papa dagegen weniger. Er behauptete, mein Gehirn sei unheilbar mit dem Pferdebazillus infiziert, der mir nach und nach den gesamten Verstand und jeden klaren Gedanken rauben würde. Typisch Papa!

Es war Ostersonntag, als Monika mir erzählte, daß Rudi am Vortag ein Pferd gekauft hatte.

»Weißt du Näheres? Erzähl schon!« bestürmte ich sie.

Kristina kam nun ebenfalls herbeigelaufen. Mein aufgeregter Tonfall war ihr nicht entgangen.
»Also, es kommt noch heute abend«, berichtete Monika. »Dann soll es sich erst mal eingewöhnen, und am Mittwoch will Rudi es in der Stunde reiten.«
Ich nickte zu jedem ihrer Worte ungeduldig mit dem Kopf. Wann würde ich zum erstenmal reiten dürfen?
Monika, die wohl ahnte, welche Frage mir auf der Zunge lag, schlug vor: »Alles weitere solltest du mit Rudi besprechen. Er wird heute abend auch hiersein. Kannst du nicht so lange bleiben?«
»Natürlich«, antwortete ich, ohne zu zögern.
»Ich auch«, bestimmte Kristina. »Oh, ich bin so gespannt! Hoffentlich ist es ein gutes Pferd! Weißt du was Genaues, Monika?«
»Nicht viel«, antwortete sie zu unserer Enttäuschung. »Es ist ein brauner Wallach, zehnjährig, glaube ich, mittelgroß, so etwa einsfünfundsechzig.«
»Zehn schon?« staunte ich. »Warum hat Rudi kein jüngeres Pferd gekauft?«
Lachend erwiderte Monika: »Das müßt ihr ihn schon selbst fragen. Geduldet euch bis heute abend.«
Das mußten wir wohl, auch wenn es schwerfiel.
Um uns die Zeit zu vertreiben, nahmen wir Flip aufs Dressurviereck. Kristina arbeitete fast eine Stunde mit ihr, während ich ihr ab und zu Anweisungen gab und dann auch einige Dressuraufgaben aus dem Aufgabenbuch vorlas.
Als wir Flip später in den Stall brachten, hatte Justus schon die Futterkarre herausgeholt.

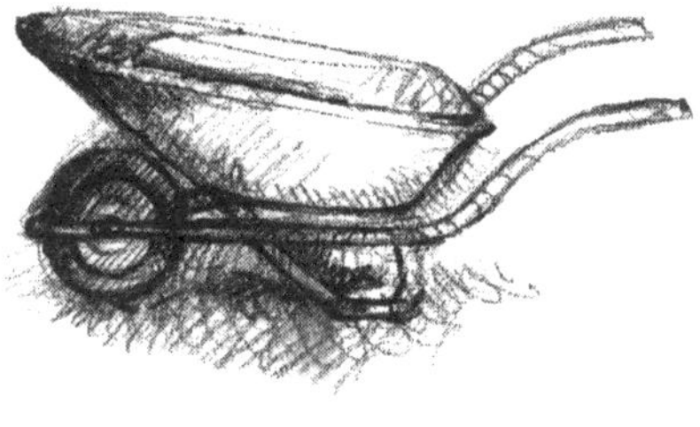

»Wo wird der Neue stehen, Justus?« wollte Kristina wissen.
»Da drüben«, brummte Justus und deutete auf die einzige freie Box.
»Können wir helfen?« fragte ich begierig. Ich war so kribbelig, daß ich einfach nicht tatenlos herumstehen konnte.
Justus erteilte mir den Auftrag, Heu vom Heuboden herunterzuwerfen. Kristina kümmerte sich um ihr Pferd.
Nachdem ich meine Arbeit beendet hatte, gesellte ich mich wieder zu ihr. Sie war nicht mehr allein. Rudi stand bei ihr, und die beiden schwatzten und sahen hin und wieder aufgeregt auf die Uhr.
»Jetzt müßte er aber gleich kommen«, meinte Rudi zum wiederholtenmal.
»Wie heißt dein Pferd überhaupt?« erkundigte ich mich. Schließlich mußte man wissen, wie man den Neuling anzusprechen hatte, wenn man ihn im Stall willkommen hieß!
»Tasco«, erwiderte Rudi.
Tasco. Das klang ruhig und solide. Tasco. Das war, fand ich, nicht der Name eines Turniercracks, sondern der eines anständigen, zuverlässigen Freizeitpferdes.
Erst mal abwarten, sagte ich mir dann, erst mal anschauen. Kein vorschnelles Urteil bilden, schon gar nicht auf Grund eines Namens.
Und schließlich, Turniere waren ja nicht alles. Hauptsache, das Pferd war rittig und hatte einen guten Charakter.
Plötzlich freute ich mich richtig auf

mein Pflegepferd. Vorher war ich gespannt gewesen und ungeduldig. Jetzt freute ich mich durch und durch.
Draußen auf dem Hof erklang Motorenlärm. Wir stürmten aus dem Stall. Wenig später führte Rudi sein Pferd aus dem Hänger ins Freie.
Langsam ging ich über den Hof, um Tasco in seinem neuen Zuhause zu begrüßen.

Hast Du Lust auf weitere spannende Pferdeabenteuer auf dem Drachenhof?

Dann schau doch mal rein in …